"It's too early to tell, Mom." Hong thought Lilian would be pleased by this choice. Her mother was surprised by her calm voice.

On the same day the Chens' decision was known to most households in town. Pang Hai was ecstatic over the outcome of his contention with Feng Ping. This was a good beginning. He felt his back straighter than before and even his feet charged with more strength. Of course he didn't know how the Chens had reached the decision. He had always kept an amorous eye on Hong since he came to know that she wasn't a bad girl at all and that the roll of bloody gauze only proved that she was healthy and normal. As for the next step of the current affair--the engagement, he had not lost his head over the initial victory and was inclined to make everything as simple as possible. At this historical juncture of his official career, he kept firmly in mind Chairman Mao's instruction: "We must always be modest and prudent and must, so to speak, tuck our tails between our legs." Aunt Zheng was dispatched to the Chens to seek understanding: the ceremony of the engagement would be plain and quiet, whereas the wedding could be customary and colorful. The Chens didn't think it unreasonable, so it was settled.

The engagement dinner was held at the Pangs' on August 1, Army Day. Few guests were present. Besides the members of the two families, there were the secretary and the director of the Fertilizer Plant, where Pang Hai's father worked as a bulldozer

光天化日

Under the Red Flag

哈金 著

王瑞芸 譯

目錄

新版序

英文寫作的轉折

哈金

大部分年青人寫小說多從短篇開始，因爲長篇太難駕馭，又需要有持久的敘事能力，初學者常常望而生畏。我總是告訴自己的研究生第一本書最好是長篇小說。短篇實在太難出版了。然而，我的頭兩本小說都是短篇集子，幾乎送遍了美國的商業出版社，最後我的兩位中間人都失去信心，不代理了。我只能自己往獨立的小出版社投寄。幸運的是兩本書雖然沒有什麼銷路，但都獲得了重要的獎項，就給我以後的書鋪墊了出路。

從技術上講，《光天化日》這本小說集對我有特別的意義。一九九五年底我將書稿寄往喬治亞州大學出版社主辦的芙蘭納莉．歐康納短篇小說獎的評委會，翌年被通知這本書稿獲獎了，就是將由該出版社出版，並給作者三千美金。接著就進入編輯的流程。這個獎項的主編是一位年過七旬的老編輯，名叫查爾斯．伊斯特（Charles East），他是優秀的短篇小說家，在美國南方出版界也是德高望重。爲了配合他，在寄給他終稿前，我又仔仔細細修改了書稿。那時我已經修改了無數遍，可是心裡還是沒有底，怕文字不夠精準，不像本土作家寫得那麼流暢。

一個月後，伊斯特先生寄回來編輯後的書稿，他修改的文字很少，但提出了兩頁半的建議。我讀後覺得他說的都有道理，就打電話過去感謝他。電話上我說：「眞抱歉，我認認眞眞修改了好多遍，結果還有那麼多要改的地方。」他說，「告訴你實話吧，我主編這個獎項的小說集已經十五年了，這是第一次給過少於十頁的修改建議。」

他的話讓我明白了憑自己的努力，可以做出乾淨流暢的書稿。這樣《光天化日》在我的英文寫作生涯中就成了一個轉折點，從此我有了自立的信心。

初版序

哈金

亮甲店是遼寧省金縣的一個小鎮。三四十年前鎮上只有幾條短街，三五家商店，但卻很熱鬧。從大連通往城子坦的鐵路打這裡經過，鎮上也通汽車。此外，鎮東邊有一大片營房，裡面多是二層磚樓，終年駐紮著一個師的總部和數百家軍官家屬。營房是爲蘇聯軍隊在五十年代初建的，所有設施都挺現代的，還有一個奧運會標準的大游泳池。「歇馬亭」基本上是以亮甲店爲原型的，但我寫的是小說，必須有想像的空間，所以有些地名、街名是虛構的，有些事件是從別的地方搬過來的，是爲了把故事寫得豐富堅實。

六十年代初，我父親是駐在亮甲店的一個通訊營的政委。他級別較低，所以我們家不能住進師部那片大營房裡，只能住在街頭的一個小院子裡。這樣，我們兄弟們就跟街上的孩子們混在一起，打成一片，所以我對鎮上老百姓的生活比較熟悉。後來部隊換防了，我們家搬到了庄河縣。上大學後，我去過亮甲店兩次，覺得這地方眞是太小了。當年的頑童們都長成大人了，可是似乎在心理上並沒有多大成長，他們還在談著打架吃酒之類的事。不管怎樣，我對那個小鎮是深有感情的。我在那裡生長了十二年，幾乎整個童年都在那度過。來美國後，常常想起那個地方，也許小鎮上的許多東西都已經消失了。在某種意義上，我寫《光天化日》是爲了把一些曾經在那裡存在過的人和事物保存在紙上。不管是嚴酷的，還是溫暖的。

這是一本眞實的書，沒有任何事件是虛構的。做爲一個作家，我所做的不過是重新編整結合人物和細節，將其安排進「歇馬亭」和它附近的村子裡。在結構上《光天化日》深受喬依斯的《都柏林人》和安德森的《俄亥俄州溫涅斯堡》*的影響：所有的故事都發生在一個地點，有些人物在不同的故事裡重複出現，每個單篇都起著支撐別的故事的作用，整個書構成一部地方誌式的道德史。但《光天化日》寫的不只是一個地方，也是一個時代。

這是我的第二本小說。九四年寫完後到處投送，但無人願意出書。幸虧喬治亞州立大學出版社於九六年接受了這本書，才使四、五年的勞動沒有白費。

九六年底，我的一位朋友比爾．霍姆斯（Bill Holms）請我去明尼蘇達州的西南大學去朗讀作品。那所大學在馬歇爾城，遠離都市，馬城連個客運機場都沒有。電話上比爾對我說：「我派一架飛機去蘇佛斯接你。」第二天，我到南達科他州的邊城蘇佛斯後，等了兩個小時也不見什麼專機。下午三、四點鐘，一個小男孩和一個小伙子出現了，他們把我拉到一架契克威勇士型的小飛機旁，機裡只有兩個座位，實在太小了。更令我吃驚的是那個名叫安文的十二歲的孩子是飛行員，而那個敦實的小伙子只是他的飛行教員。沒辦法，又不能不去，我就隨他們入機上天了。一路上搖盪顛簸，晃得我心魂不安，不得不想起自己的「後事」，想起家人和一些掛在心上的事情。令我驚訝的是，當我想到剛剛寄出去的、修改過的《光天化日》的校樣時，心裡十分坦然，覺得這是一件完成了的事，怎麼想也想不出還該做什麼，想不出有那個詞或標點該改一下。的確，爲這個短篇集子我眞的盡了最大的努力。可以說，就這本書來講，當時是死而無憾了。

我很高興，王瑞芸的準確生動的譯筆能將這些故事呈現給臺灣讀者。不管它們令你悲哀、或震驚、或沮喪，這裡所描敘的不過是千百萬大陸上的中國人曾經經歷過的生活。

＊即舍伍德・安德森《小城畸人》。

光天化日

中午我正吃著玉米餅子和拌海蜇，院門被撞開，光腚[1]蹦了進來，藍短褲的褲腰上插著把大木頭手槍，「白貓，」他叫我的外號，「快，我們走，他們把老母狗子在家裡抓住了，今天下午要給她遊街呢。」

「眞的？」我把已經快要吃光的碗一擱，就衝到裡屋去拿我的背心和涼鞋。「我馬上就來。」

「光腚，你是說他們今天要給穆英遊街嗎？」我聽見奶奶用嘶啞的聲音問。

「是啊，咱們街的孩子全跑她家看去了。我來叫白貓。」他頓了頓，「嗨，白貓，快點兒！」

「來啦，」我喊著，還在找涼鞋。

「好，好啊！」我奶奶用她那把大蒲扇一邊拍著蒼蠅，一邊對光腚說，「他們該照老規矩點那母狗的天燈。」

「快，快走。」光腚見我一出來就連聲催著，轉身就走。我拿起把木頭的砍刀，跟他跑出了門。

「穿上你的鞋，寶貝。」奶奶伸出她的扇子想擋住我。

「奶奶，沒時間啦，我得快去，要不錯過機會，我就沒法把所有的事都講給你聽了。」

我們衝到街上，還能聽見奶奶在身後喊著，「回來，穿上你的球鞋。」

我們在頭頂上揮著木頭武器，直往永生路的穆英家跑去，奶奶的腿瘸了，只能一直待在家中院子裡，全靠我把外面的事情講給她聽。不過，她挺知道這個穆英，就像我們鎮所有的老奶奶都知道穆英，而且都恨她。每次她們聽說又有男人進了她的家，這些女人就說：「這次他們該給這個老婊子點天燈了。」

她們說的點天燈是過去懲罰淫婦的方法。雖然她們已經在新中國生活了二十來年，老觀念還留在她們腦子裡。奶奶告訴過我很多她親眼所見的從前的殺人方式。官家處死通姦罪有兩種，男的是殺頭，犯人被捆在一根豎在臺上的柱子上，臺子一般搭在集市上。第一通號角吹過之後，戴著面具的劊子手就走上臺來，胸前拿著一把大板斧；第二通號角之後，劊子手走到犯人跟前舉起板斧；第三通號角後，頭就落地了。如果那犯人有家屬等在臺下，就會把那顆頭抬起來，好和屍體埋在一起；如果沒家屬在場，野狗就會把那顆頭叼走，爭著吃完上面的肉，再回來分食屍體。

跟對待男人不同，處死通姦女人的方式是點天燈。犯人被脫光衣服倒吊起來，下面架上木頭燒起一堆火。火舌幾乎搆著她的頭頂，有兩個男人站在一邊用牛鞭擰成的鞭子抽她、她的尖叫聲全城的人都能聽到。由於那堆火只是慢慢地燒烤她的頭，這起碼要半天功夫才能讓她停止慘叫，要一天一夜的功夫才能讓她死透了。人們相信這種懲罰的方式是順應天意，因此那火堆被稱爲天燈。可那已經是舊習俗了，現在沒人相信那些人會用這方式來烤穆英。

穆英家在永生路北邊的東風旅館附近，是一棟一年前建的花崗岩小房，水泥瓦的屋頂。一進這條街，光腚和我禁不住膽寒地四下張望，因爲這是住永生路上男孩的領地。他們中間有兩個小子特別凶，幾乎殺人不眨眼，他們統治著鎮子的這一片。別條街上的男孩到永生路來，會被他們抓住了痛打一頓。當然，我們也做同樣的事。如果我們在自己領地抓著了別處的男孩，我們至少會沒收他身上的所有東西：蟈蟈籠子，彈弓，瓶蓋子，玻璃球，子彈殼等等。我們還要讓他叫我們每個人「爸爸」或「爺爺」。可今天有上百個孩子和大人都湧到永生路來了，這街上的二十來個頑童就不能守住他們陣地了。再說，他們也急著要看紅衛兵怎麼把穆英從她的黑窩裡拖出來揪鬥，就休戰了。

我們趕到的時候，穆英已經被帶了出來。一大群人圍著她家看熱鬧。院子裡有三排五顏六色的衣服晾在鐵絲上，還有個葡萄架子。有七八個孩子在那裡摘葡萄吃。兩個紅衛兵抓住穆英的胳膊，其他的二十來個紅衛兵跟在後面。他們都是從大連來的，身穿自製的軍裝。天曉得他們怎麼會知道我們鎮有個壞女人。儘管這裡的人恨著穆英，叫她的外號，但沒人眞對她下手，這些紅衛兵是外地人，他們做起來就沒有顧忌了。

奇怪，穆英看上去很鎮靜，既不反抗，也不說話。那兩個紅衛兵鬆開了她的胳膊，她不出聲地跟著他們走到了西街。我們也全都跟在後面，有的孩子往前多跑幾步以便可以回過頭來看她。

穆英穿著天藍色的連衣裙，這使她和那些總穿著工作服和長褲、規規矩矩上班的女人不一樣。實際上，連我們小男孩都看得出來，她長得漂亮，可能是我們鎮這個年紀的女人裡最好看的。雖然她已經五十了，卻一根白髮都沒有。她有點兒胖，可因爲長著長腿長胳膊，顯得很氣派。我們這裡大部分的女人臉色憔悴，而她卻白白亮亮的像新鮮牛奶。

光腚在人群前一竄一跳的，轉過身體，對著她喊，「不要臉，老母狗！」她打住他，圓圓的眼睛閃著光，她左邊鼻孔旁邊的黑痣顯得更黑了。奶奶告訴過我，穆英的黑痣不是美人痣，而是淚痣。這意味著她的生活會泡在眼淚裡。

我們知道往哪兒走，到白樓去，我們的教室就在那兒，那是鎮上唯一的兩層樓建築。我們走到西街街尾的時候，一個矮男人從街角跑出來，喘著氣，手上拿著鐮刀。他就是孟粟，穆英的丈夫。在鎮子裡他夏天賣豆腐腦，冬天賣糖葫蘆。他在一大群人前停住了，像是忘了爲什麼要衝過來似的。他轉頭朝身後看看，身後一個人也沒有，過了一小會兒，他小心翼翼地走近前來。

「請放了她吧，」他哀求道，「紅衛兵同志，這都是我的錯，請放了她吧。」他把鐮刀夾到腋下，把兩隻手抱在一起。

「別擋道兒！」一個高高的年輕人喝道，他肯定是個領頭的。

「請別帶走她，是我的錯。是我對她管得不嚴。請給她一次重新做人的機會，我保證她不會再犯了。」

人群停下步子，圍上來。「你什麼成分？」一個方臉的年輕女人尖聲問道。

「貧農，」孟粟說，他的小眼睛裡含著淚，一對招風耳抽搐了一下。「請放了她吧，大姐。可憐可憐我們！你們如果放了她，我給你們下跪。」不等他雙膝著地，兩個年輕人拽住了他，眼淚順著他黑黑的腮幫滾下來，他花白頭髮的腦袋開始搖晃起來，鐮刀被人拿走了。

「閉嘴。」高個的領導衝他喊著並給了他一記耳光，「她是條毒蛇，我們走了百十里地到這兒來，就是爲了掃除毒蛇害蟲。你如果不停止搗亂，我們讓你和她一塊兒遊街。你想跟她一塊兒嗎？」

一陣沉默。孟粟用一雙大手捂住了自己的臉，好像他在發暈。

人群裡一個人高聲說，「你能跟她睡一張炕，怎麼就不能跟她遊一條街？」

好些大人笑了起來。「帶上他，也帶上他。」有人對那個紅衛兵說。孟粟眞害怕了，無聲地哭起來。

他老婆盯著他，一句話都不說。她牙咬了起來，一絲淺笑掠過她的嘴角。孟粟在她的凝視下幾乎畏縮起來。兩個紅衛兵放開了他的胳膊，他站到邊上去，眼巴巴地看著他老婆和人群往學校的方向去了。

我們鎮的人對孟粟有不同想法。有人說他天生是個王八，不在乎老婆跟別的男人睡覺，只要她能給家裡掙錢。有人相信他是個好脾氣的男人，爲了孩子的緣故肯跟老婆過下去；可這麼說的人忘了，他們的三個孩子早已長大成人，都在很遠的大城市工作。有人認爲他沒離開老婆是因爲沒辦法——沒有女人肯嫁這麼個矮子。我奶奶不知爲什麼好像挺瞧得起孟粟。她告訴我，穆英有一回被一幫俄國兵在北橋下強姦後，扔在河堤上。她丈夫夜裡偷偷去把她背了回來，照料了她一個冬天，使她完全恢復過來。「老婊子配不上這個好心腸的男人，」奶奶總這麼說。「她沒良心，光知道賣肉。」

我們進了學校操場，那裡已經聚了兩百多人。「嗨，白貓，光腚，」大蝦揮著他的爪子招呼我們。我們街上的很多男孩都在那邊，我們就過去了。

紅衛兵把穆英帶到樓前。在樓的入口處有兩隻蹲著的石獅子，石獅子之間已經放上了兩張桌子。其中一張桌上有一頂紙做的高帽子，帽子的一側寫著幾個濃墨大字：「打倒老母狗！」

一個戴眼鏡的年輕人舉起他一把瘦骨頭的手，開始發言。「鄉親們，今天我們集合在這裡批鬥穆英，這個鎮上的妖魔鬼怪。」

「打倒資產階級妖精！」一個苗條的女紅衛兵高呼，我們都舉起拳頭跟著喊。

「打倒老婊子穆英。」一個中年男人舞著雙手高叫。他是我們公社一名活躍的革命分子。我們又跟著大聲喊起來。

那個近視眼接著說，「首先，穆英必須坦白自己的罪行。我們先看她的認罪態度，然後根據她的罪行和認罪態度來決定鬥爭方式。好不好，鄉親們？」

「好。」人群裡有人同意說。

「穆英，」他轉向她，「你要一件件從實招來，現在就看你自己了。」

她被迫站在一條長凳上，我們都站在臺階底下，得仰了頭去看她的臉。

審訊開始了，那個高個子領導沉著臉問，「你爲什麼要勾引男人，用你的資產階級毒素去麻痺他們的革命意志？」

「我從來沒有招他們上我家來，我招了嗎？」她鎭靜地說。她丈夫站在人群前，也在聽，臉上什麼表情也沒有，好像丟了魂一樣。

「那他們怎麼去你家，不去別人家？」

「他們想跟我睡覺。」她說。

「不要臉！」幾個女人在人群裡噓她。

「眞是個婊子！」

「抓她的臉！」

「撕她的臭嘴！」

「姐妹們，」她大聲說，「不錯，跟他們睡覺是不對。可你們都知道要男人的時候是個什麼滋味，是吧？你們有時候也會從骨頭裡覺得著吧？」她看了看站在人群前幾個面色憔黃的中年婦女，露出了些輕蔑，閉了閉眼睛。「噢，你想要個真男人來摟著，讓他摸你的全身。和這種男人在一起，女人就變成開了的花，變成了真女人……」

「嘗嘗這個，狐狸精！」一個壯實的小夥子掄起大錘似的拳頭朝她的脅下打過去，這凶猛的一擊叫她立刻沒了聲。她兩手護住兩脅，大口地直喘氣。

「不對呀，穆英，」光腚的母親在人群前伸手點著她說，「你有自己的男人，他又不缺胳膊少腿的。你再去跟別的男人胡來就是你不好了，還要拿他們的錢就更不對了。」

「我有自己的男人？」穆英盯著她的丈夫，冷笑起來，她直了直身體說，「我男人沒能耐，他在床上不行。我還沒覺得什麼他就回去了。」

所有的大人都哄笑起來。「什麼意思？笑什麼？」大蝦問光腚。

「你這都不懂，」光腚不耐煩地說，「男人女人那點事你一點都不開竅。這是說，她想他靠近的時候，他倒不來了，不知好歹。」

「不是這個意思，」我說。

不等我們爭執，一個大墨汁瓶子砸在穆英頭上，把她砸得跌下了長凳。她趴在水泥臺階上咒罵哭叫起來。「噢，操你祖宗的，誰砸了我讓他斷子絕孫！」她用左手揉著腦袋。「哦，老天爺，瞧他們就這麼糟踐他們的姑奶奶！」

「活該！」

「騷黃鼠狼。」

「刀架在脖子上她都不住嘴。」

「豬生下來就是吃泔腳的。」

當他們讓她再站上凳子時，她換了個人——肩膀上染上了墨汁，一注紅色從她左邊的太陽穴流了下來，太陽烤灼著她，她身上所有那些黑的部分好像要燒起來似的。她還在哼著，眼睛轉向她丈夫幾分鐘前站的地方，可他已經不在那兒了。

「打倒老母狗子！」一個農民在人群裡喊。我們全都跟了他一齊大喊。她有點兒發抖了。

那高個領導對著我們說，「爲了打擊她的反革命氣焰，我們先把她的頭髮剪了。」他手一揮，招呼身後的幾個紅衛兵。四個小夥子過來了，把她揪下來，那個方臉的女人舉起一把大剪刀，插進了她一頭的燙髮中。

「別，別，請別這樣。救命，救命啊！你們讓我做什麼都行……」

「剪！」有人叫道。

「剃她的光頭！」

那女紅衛兵很熟練地活動著剪刀，四五剪下去，穆英的頭看著就像個褪毛的雞屁股了。她又開始哭喊起來，淌著鼻涕，牙齒格格打戰。

一陣微風吹來，從臺階上把那些絨絨的鬈髮吹開，散在沙土的地面上。天實在太熱，有人拿出了扇子，不停地搖著。人群散發出一股汗臭味。

嗚，嗚，嗚，嗚，那是三點三十分從登沙河開來的火車。這是輛貨車，那些年輕的火車司機們只要一看到鐵路邊的田裡有年輕女人就拉汽笛。

審問繼續進行著。「今年你一共睡過幾個男人？」近視眼問。

「三個。」

「她撒謊，」人群裡的一個女人喊道。

「我說的是實話，大姐。」她用手背擦了擦淚。

「他們都是誰？」那個年輕人又問，「給我們詳細說說。」

「一個是從小龍山來的軍官，還有……」

「他上你家去了幾次？」

「我記不清了，大概二十次。」

「他叫什麼名兒？」

「我不知道，他告訴我他是個大軍官。」

「你從他那兒得錢了嗎？」

「得了。」

「一次多少錢？」

「二十塊。」

「一共得了多少？」

「差不多五百塊吧。」

「同志們，革命群眾們，」那年輕人轉向我們，「我們該怎麼處置這個吸革命軍人血的寄生蟲？」

「五馬分屍！」一個老女人吼道。

「點她的天燈！」

「往她臉上拉屎！」一個小小的胖姑娘喊。她舉起手來，大姆指朝上，食指指向穆英，像一把小小的駁殼槍[2]。一些大人竊笑起來。

有人拿來了一雙破布鞋——那是淫婦的象徵，傳到前面去。那個苗條的年輕女人接過鞋，把它們拴在一根帶子上。她爬上桌子，打算把它們掛在穆英的脖子上。穆英用胳膊肘往旁邊擋，鞋被碰掉在地上。一個結實的小夥子把鞋撿起來，跳著用鞋底扇了穆英兩個耳光。「你還頑抗，你想改造自己，還是不想？」他責問道。

「想，我想，」她順從地說，絲毫不敢再亂動。這時破鞋被掛到她的脖子上。

「這會兒她是個臭婊子了。」一個女人說。

「給我們唱個曲兒。大妹子。」一個農民朝她說。

「同志們，」戴眼鏡的人又開口了，「讓我們繼續批鬥。」他轉向穆英問，「另一個男的呢？」

「一個從蘋果村來的農民。」

「幾晚上？」

「一晚上。」

「撒謊！」

「她不老實！」

「照她嘴上來一下子！」

那年輕人揮手讓人群安靜，繼續問，「你從他那裡得多少錢？」

「八十。」

「就一晚上？」

「是啊。」

「詳細點兒說，我們怎麼能信你？」

「那個老傢伙是到鎮上來賣豬崽。他的一窩豬崽一共賣了八十塊，他就把錢給我了。」

「爲什麼你收他的錢比那個軍官多？」

「沒有，我沒多收他錢。他一晚上幹了四次。」

有人笑了起來，在下面悄悄說話。一個女人說，那個老傢伙肯定是死了老婆的，或者是個光棍。

「他叫什麼？」那年輕人又問。

「不知道。」

「他是個有錢人，還是個窮人？」

「窮人。」

「同志們，」那年輕人對我們說，「聽見了吧，一個貧農一年到頭在地裡幹活，只有一窩小豬可以賣。這錢是他家買油鹽的錢，可這條毒蛇一口就把這筆錢吞了。我們應該拿她怎麼辦？」

「斃了她！」

「砸碎她的腦袋！」

「把她的尿打出來！」

有幾個農民開始朝臺階前湧過去，摩拳擦掌。

「等等。」一個胸前戴著一枚大毛主席像章的女紅衛兵用命令的口氣說，「偉大領袖教導我們，『要文鬥不要武鬥』。同志們，我們用文鬥就能很容易地把她批倒。武鬥不能解決思想問題。」她的話止住了那幾個憤怒的農民，他們就待在人群裡了。

嗚，嗚，嗚，嗚。從南邊傳來火車的嗚叫。這很奇怪，因爲開四點那趟車的是幾個老年的司機，他們很少拉汽笛。

「第三個是誰？」近視眼接著問穆英。

「一個紅衛兵。」

人群哄笑起來。有的女人叫紅衛兵們對她再砸一瓶墨水過去。「穆英，你要對你自己的話負責，」近視眼語調嚴肅地說。

「我說的是實話。」

「他叫什麼名字？」

「我不知道，他上個月帶宣傳隊打這兒經過。」

「你跟他睡了幾次？」

「一次。」

「收多少錢。」

「沒收到錢，這個小樞兒一分錢沒花，他說他才是幹活的人，應該付錢給他。」

「結果你被他算計了？」

人群裡有些人大笑起來。穆英用她的拇指擦了擦鼻子，她臉上立刻出現了一道鬍子。「可我教訓了他一頓。」

「怎麼教訓的？」

「我擰了他的耳朵，打得他淌了鼻血，又把他踢出去了。我不許他再來。」

人們開始在下面交談起來。有人說，她是個厲害女人，知道什麼東西是她的。有人說那個紅衛兵不地道；你想得東西，就是得付錢。還有幾個女人說，那個流氓就是該揍。

「親愛的革命群眾們，」高個子領導開始說話了。「我們都聽到穆英承認的罪行了。她把我們一個軍官，一個貧農勾引下水，她還把一個紅衛兵打得鼻青臉腫。我們是不懲罰她就讓她走，還是該給她一個深刻的教訓，讓她以後不敢再犯罪？」

「給她一個教訓！」一些人齊聲喊道。

「那我們給她遊街。」

兩個紅衛兵把她從凳子上拉下來，另一個拿起那頂高帽子。

「弟兄姐妹們，」她哀求道，「請饒了我這一回吧，別，別啊！我保證改正錯誤。好好做人，救命，哦，救命！」

抵抗是沒有用的，一眨眼，那頂高帽兒就結結實實地戴到她頭上。他們在她胸前的兩只破鞋之間掛了塊牌子，牌子上寫著：

「我是破鞋，罪該萬死」

他們還往她手裡塞了一面鑼，讓她敲著鑼喊貼在鑼內面的話。

我和夥伴們跟著人群走，覺得有點膩歪了。東街上的孩子挺野的，他們朝穆英的背後扔石頭，一塊石頭砸著了她的後腦勺，血淌進了她的脖子。紅衛兵們不許孩子們再扔石頭，因爲有一塊沒砸著穆英，卻砸在另一個人的臉上。那些不能跟著走的老人，就站在椅子上，或窗臺上看熱鬧，手裡拿著煙袋和擦汗的毛巾。我們想跟她遊完所有的街道。這得花上好幾個小時，因爲在每個街頭都要停一會兒。

「碰」，穆英敲響了鑼，說，「我是牛鬼蛇神。」

「大聲點兒！」

咚咚……「我養漢了。我遺臭萬年。」

當我們走出市場時，斜眼兒從一條小巷裡跑出來，抓住我的手腕和光腚的胳膊說，「有人死在火車站了。走，看看去。」「死」這個字讓我們立刻來了神。我們五六個孩子朝火車站跑去。

死了的人是孟粟。有一群人聚在離車站一百多米遠的東邊鐵路上，有幾個人在檢查鐵軌。上面沾了血和星星點點的皮肉。一個人用步子量了量變了色的鐵軌說，火車拽了孟粟至少走了有十丈地。

在鐵路的下面，孟粟沒有頭的身體躺在溝裡，他有一隻腳不見了，白白的腿骨戳出來好幾寸。他的身上開了那麼多處口子，使他看上去像肉案上的一大塊鮮肉。在他身體後面十步開外的地方，有一頂大草帽放在地上，我們聽說他的頭就在那草帽下面。

光腚和我走下斜坡去看那顆頭，別的孩子都不敢看。我們倆互相瞧瞧，用眼睛詢問著誰去挑開那頂草帽。我抓著我的木砍刀，用它挑開一點草帽的邊緣。一群綠頭蒼蠅飛了出來，嗡嗡地像被惹惱了的馬蜂。我們彎下身體窺視那顆頭。只見兩顆長長的牙從上嘴唇齜了出來。一隻眼珠子沒了。花白的頭髮變了顏色，頭上糊滿了泥漿和灰塵。張開的嘴裡充滿了紫色的血糊。一隻小蜥蜴跳起來，竄到草叢裡去了。

「哇！」光腚一口吐了出來，高粱糊混合著一些碎豇豆噴濺在黃色的大卵石上，「別看了吧，白貓。」

我們在車站逗留著不走，聽著對這事故的不同說法。有人說孟粟喝醉了，睡倒在鐵軌上。有人說他根本沒睡倒，而是在鐵軌中間對著開來的火車走過去，瘋了似的大笑，有人說他根本沒喝一滴酒，因爲他在往車站去的路上跟碰到的人還含著淚說了話的。不管怎麼說，他反正死了，碎成好幾塊兒了。

這天晚上我往家走的時候，聽到穆英在煙濛濛的傍晚哼叫。「送我回家呀，哎，救救我，誰能救救我呀？你在哪兒？你怎麼不來帶我回家呀？」

她躺在汽車站那邊，獨自一人。

---

1 北方方言，意思是屁股。

2 即手槍。

男子漢

這個春節郝男特別開心，因爲一星期前他和宋燕訂了婚。她是旗桿村最漂亮的姑娘，個子高，又有文化，照規矩，聘禮要花去郝家一大筆錢：八條綢被，四對繡花枕套，十件外套，五米呢料子，六雙皮鞋，四打尼龍襪，一塊手錶，兩只水瓶，一架縫紉機，一輛自行車，一對木櫥。可郝家還是對訂的這門親挺滿意，因爲宋家在他們村裡是殷實人家，宋燕又是他們唯一的女兒。婚禮定在明年中秋。雖然郝家在請過訂婚酒後手頭沒什麼錢了，但他們並不擔心，因爲家裡有兩個待嫁的女兒，他們至少可以嫁出去一個，收回錢來給郝男辦婚事。

這天是大年初三，郝男和四個小夥子在村民兵連部值勤。由於村裡的大連知青都回城過年了，就靠村裡自己的年輕人值班。這是個一天能掙十分工的好機會，所以沒人抱怨。再說，這事輕鬆得很，值八小時班什麼也不用做，他們只要待在辦公室裡，再就是到村裡轉上一圈就成。

外面，稀疏的雪花像鵝毛，圍著懸掛在各家門口的紅燈籠打著旋，空氣中飄著火藥和線香的味道。這裡那裡有些爆竹聲夾雜在高音喇叭播送出的京劇唱腔裡。在民兵値班室內，五個年輕人雖然有足夠的苞米酒，炒葵花籽和糖果消磨時間，可他們都有些兒膩了。他們一直在打牌，玩的是打娘娘，劉大衡和穆兵不想再打牌，想下棋，但另外幾個不放他們走，如果他們一走只剩三人，牌就不好玩了，他們要每回抓兩個娘，貢兩個皇帝。

門慢慢地開了，他們有幾分驚訝地看到尙杜的光頭出現了，接著，他小小的身子和羅圈腿也進了屋。「好啊，尙王——尙叔，」郝男說著，尷尬地笑笑，露出了他的犬牙。

尙杜沒回答，盯了郝男一眼，郝男剛才差點叫出他的綽號「尙王八」。人們給他起這個綽號是因爲他的老婆淑玲常跟人通姦。人都說她是狐狸精變的，老要去勾引男人。人們還覺得尙杜已經上了五十歲，年齡比他老婆大了一倍，肯定在床上沒能耐，至少他已經沒精子了，不然淑玲會給他生個孩子的。

尙杜抓著他的氈帽，看上去醉醺醺的，鼓鼓的眼睛裡布著血絲。「尙叔，」王明叫他，「坐吧。」尙杜一言不發，坐了下來。把他的胳膊肘撐在桌上。

他們正好缺一個人來打百分，「跟我們打牌吧?」郝男問。

「我不打牌，小子們，」尙杜說。「給我點兒東西喝。」

楊衛給他倒了一茶缸苞米酒。「給你。」他說著朝另外幾個人眨了眨眼睛。

「好，要的就是這個。」尙杜把茶缸舉到唇邊，幾乎一口就喝乾了。「我今天晚上來有正事找你們。」

「什麼事？」大衡問。

「我請你們去操我老婆，」尙杜一本正經地說。

所有的年輕人都愣了，屋裡突然靜了下來，煤爐裡發出了嗶剝聲。他們互相看看，不知道該說什麼。

「你開玩笑呢，尙叔。」過了一會兒，大衡說。

「我是說正經的。她一天到晚都想騷，我要你們今晚去給她弄個夠。」怒火在尙杜的眼裡燃燒著。

沉默再次籠罩了室內。

「不敢來，嗯？」尙杜問，他稀疏的眉毛擰了起來，笑意弄皺了他扁扁的臉。

「敢，我們當然敢，誰不敢？」王明說，他是民兵班長。

「嘿，有時天上眞能掉下餡餅來。」穆兵像是對自己說道。

「不，咱們不該去，」郝男打斷他們，掃了一眼其他人，細細的眼睛閃出光來。他轉身對尙杜說，「幹你老婆倒沒什麼，尙叔，可這對我們可挺冒險哪。」他又轉向其他人問，「記得去年夏天在磚窯上的事兒嗎？你們這些傢伙不想惹那樣的禍吧，是不是？」

他的話一下子讓熱起來的氣氛降了溫。好一會兒，甚至班長王明和最年長的劉大衡也不知道說什麼好了。每個人都不作聲。郝男提到的案子是一個妓女被一群磚窯的工人弄死了的事。雖然賣淫在新社會是禁止的，但總還是有些女人會偷偷地賣。那個女人就是這樣，每月去一趟磚窯，向每位客人收五塊錢。這個價挺高。相當於一個磚窯工人兩天的工資。這就是為什麼那些人不肯輕易放過她。他們給她付了錢，就強迫她一刻不停地做，按計劃，他們整整弄了她一夜，甚至她暈過去以後，他們還繼續騎到她身上去。第二天，她就死了。結果，警察把那些男人抓了起來，後來他們中間有三個人被判徒刑。

「郝男說得對，我覺得我們不該去。」楊衛終於說。

「你們不是男子漢，」尙柱撇著嘴唇譏笑道，摸了摸他沒鬍子的下巴。「我請你們這幫小夥子去享受我老婆，一個子兒都不要，可你們沒人敢去，膽小鬼！」

「尙叔，假如你眞要我們去，你得寫個契。」大衡說。

「可我不識字呀。」

「好主意，這我們能幫你。」王明說。

「成，你們寫，我摁上手印就是了。」

王明走到辦公桌前，拉開抽屜，取出一支筆和一張紙，坐下來開始寫契。

郝男對這事感到不安，一個做丈夫的怎麼會請別的男人去睡自己老婆呢？他自問。我才不會呢，絕對不會。淑玲肯定最近又跟人做下了事，讓尙王八抓著了。他們今天準是在家已經大鬧了一場。

尙杜不出聲地吸著煙袋。穆兵坐在一邊把撲克牌收進盒子裡。

「瞧，」王明說，拿著紙走過來，「仔細聽著，尙叔，」他大聲讀起來，眉毛抖得像一對蛾子的翅膀：

大年初三，我，尙杜，來民兵值班室，請五位民兵——郝男，劉大衛，楊衛，穆兵，王明——跟我老婆牛淑玲睡覺。做這事是我想給她一個教訓，讓她別再勾引別的男人，以後做個規矩女人。假如在做這件事的時候傷著了她，這些年輕人不用負責，我，尙杜，她男人承擔一切後果。

立契人　尙杜

楊衛把印泥放在桌上。「尙叔，你同意的話就把個手印。」

「行。」尙杜把他那個有灰指甲的大拇指在印泥上按了按，舉起來吹了吹，在他的名字下蓋上了一塊紅斑。他在棉褲腿上擦了擦手上殘留的印泥。褲子雖是黑色的，但已經被袖跡污得發亮。他轉過身擤了擤鼻子，灰土地上留下了兩條鼻涕。

「好，咱們走。」王明向其他人示意說，好像他們要去捉野狗一樣，那是他們在夜巡時常做的事。

郝男對這張寫下的契約很不高興，因為王明這狗娘養的，把郝男的名字放第一，自己的名字放最後，倒好像是郝男領頭要幹這事的。至少從紙上看是這樣，他只不過是個小兵，王明才是班長。

雪停了，西北風一陣陣颳著，如果他們不是已經喝下去好些白酒的話，眞會凍透的。他們每人拿著一個長手電，電筒的光柱刺進黑暗，照上了樹梢，驚飛了正在棲息的鳥。他們急著想趕到尚杜家，抓住那個放蕩的女人，在她身上翻江倒海一番。他們喜不自禁地唱起了歌，唱的是，〈我是一個兵〉，〈再見吧，媽媽〉，〈大海航行靠舵手〉，〈沒有共產黨就沒有新中國〉。遠處聽不到聲的爆竹在望海村的上空開放著，白色的山巒和田野顯得比在白天更空蕩，一鉤新月在雲朵和幾點寒星中慢慢移動著。除了這些男人嘶啞的叫聲，夜顯得又清爽又安靜。

郝男跟著別人，也在唱。他禁不住地想知道摟著個女人並把她壓在身體下面是一種什麼滋味？他想到了村裡的姑娘們，還想到了宋燕。雖然他們已經訂了婚，可他從來沒碰過她？甚至連她的手都沒摸過，這可是個學會如何擺弄女人的好機會啊。

他們進了尚杜家院子，一條黑影在灑著月光的地面上晃動，嚇了走在前面的王明和大衡一跳。接著一條狼狗衝他們吠叫起來。「住口！」尚杜喊道，「你這畜生連主人都不認了，給我閉嘴！」狗往草堆跑過去，躲閃著緊跟著它的手電光柱。院子裡空空的，一根繩子上晾著一串五顏六色的衣物，凍得硬硬地閃著光，在風裡搖晃著，像被孩子們繫住了的一串風箏。王明在一件粉紅的襯衣上拍了拍，那顯然是淑玲的衣服。他說，「味道眞好聞，上面怎麼不見紅呢，老尚？她還年輕，還沒閉經呢，是吧？」

大家嘩地笑起來。

尚杜家石砌的小房是草頂的。他們進去後，把兩支步槍放到門後。炕桌上燃著一盞油燈，但屋裡沒人。沒見到女人，小夥子們咒罵起來，說他們上當了。尚杜在屋裡到處找，但找不到他老婆的影子。「淑——玲——」他朝外喊，只有嗚嗚的風聲回應他。

「老尚，這是怎麼回事？」大衡問，「你究竟打的什麼主意？」

「我想讓你們來幹我老婆。」

「可她在哪兒？」王明問。

「我不知道，你們先等著，我想她一會兒就回來。」

尚杜的眼裡充滿了怒火，顯然，他也想不到會在家裡撲個空。他從廚房拿出來一大缽紅燒肉，一大候燉蘿蔔，擱在炕桌上。他們都上了炕。開始吃菜，喝著他們帶來的苞米酒。

「這太涼了。」楊衛說的是菜。

「是，」王明說，「給我們來點熱的，老尙，我們還要幹活兒呢。」

「你得好好招待我們，」穆兵說，「不然我們今晚就不走了，這兒現在就是我們的家。」

「行啊，行啊，你們小夥兒家別撒歡，我去給你們做個湯來，做個好湯。」

尙杜和大衡到廚房去了，點爐灶，切酸菜和肥肉。在村裡，大衡會做菜是有名的，他很自然地就去幫忙了。

「別小氣，放點蝦米進去，」楊衛對廚房裡的人喊。

「行，會放的。」尙杜喊回來。

郝男沒吭聲，他不喜歡那沒味的肉，只是抽著尙杜的光榮牌香菸，嗑著瓜籽。廚房裡的風箱開始響了起來。

王明和楊衛開抬猜拳，郝男和穆兵不會，卻都想學。郝男坐近了，看著他們的手在燈下飛快地劃動著，口裡唱道：

小板凳四條腿兒，
小八哥尖尖嘴兒，

你不吃肉就喝水兒吧……
五魁首呀，
六大順呀，
三星照呀，
八大仙呀，
九杯酒呀……

「你輸了！」王明朝楊衛喊，指著滿滿的一杯酒，命令道，「喝下去。」

他們第二輪還沒完，大衡和尙杜衝進來，「她來了，她來了。」大衡低聲說，聲音有些顫抖。

沒等他們直起腰來，淑玲就進來了，圍著紅方巾，嘴裡呼著熱氣。她拿一雙棉手套揮了揮自己肩上的雪花，對這些男人們招呼道，「歡迎啊。」她臉頰粉紅，燙著頭髮，看上去很鮮亮。她豐滿的身體稍稍靠住了白色的門簾，彷彿她不知道該進門還是不該進門。

「嗨，嗨，嗨。」王明哼著。

「你去哪兒啦？」尙杜厲聲問道，然後朝她走去，一把揪住她天藍色外套的前襟。

「我，我……放開我。」她扭動著想掙脫。

「我知道你去哪兒了。又去找那小白臉了。說，是不是？」尚杜把她拉得更近了。他說的那個人是工作隊上的年輕幹部，他們被派來審查生產隊領導的貪污受賄情況。郝男想起來，在供銷店裡有一次他曾見過淑玲和他在一起。

「放開。你弄疼我了。」她哀求道，朝其他人轉過臉去，她圓圓的眼睛裡流露出恐懼。

「你這騷娘們兒，一天到晚裡面刺撓！」尚杜吼道。「今天我讓你管夠，當過年的大禮。瞧瞧，我給你找來了五條好漢，個個壯得像頭牛。」他朝那幾個民兵側了側頭。

「不，別這樣，請別這樣，」她呻吟道，兩隻手在她的前胸合在一起。

「你們還等什麼，小子們？」尚杜朝他們喊。

他們全跳了起來了，上去抓住她。「兄弟們，別這樣，」她哭叫著。

「做了她，讓她記著這一回。」她丈夫叫道。

他們抓住她，把她抬上了炕，她掙扎著，踢打著，但她像一隻被捆住的羊，胳膊和腿都動彈不得。大衡掐住了她的大腿，王明去抓她的胸脯。「不壞，」王明說，「一點兒也不軟乎。」

「噢，你這流氓，放開你奶奶，哎喲！」

他們嬉笑著把她放到炕上。她不停地咒罵著。「操你們祖宗八輩，驢崽子……我要去告訴你們家爹娘，你們家房子遭雷轟！你們死得斷子絕孫……」

她的咒罵更激怒了這些小夥子。穆兵把她的圍巾捲成個團，塞到她嘴裡，她立刻沒了聲。然後，尚杜給他們一些繩子把她的手綁在炕桌的桌腿上。同時，楊衛和郝男照了王明的話，把她的腳捆在炕沿上。

他們把手伸進她衣服，揉她的乳房，摸她胯下。接著，他們剝去了她的外套，襯衣，褲子，褲頭。她半裸的身體在昏黃的燈光下扭動著。

大衡拿出五張牌，從「A」到「5」，洗好了。放到炕上。他們每人抽了一張牌，楊衛是「5」？郝男是「4」，穆兵是「3」，大衡是「2」，而王明得了A，因此他先來。

「好，」尚杜鎮靜地說，「就這樣了，小夥子們好好享用吧。」他掀開門簾走了出去。

王明騎在淑玲身上，說，「今年我會有好運氣，郝男，小新郎，仔細看著你大哥，學著點。」

郝男懷疑大衡和他可能在抽牌時做下了手腳。不然怎麼王明和大衡兩個大些的正好在他們三個年紀小一點的前面呢？不過，他沒顧上多想，就見王明瘦瘦的身體已經在淑玲身上急劇地蠕動起來。他從沒見過這景象，只覺得暈眩和喘不上氣來，不過他還是急著要去體驗體驗。其他人都急切地看著，而那女人則把頭扭了過去不看他們。

等大衡騎上了淑玲，他咬她的肩膀，發出了快活的聲音。尚杜手上拿了個小搪瓷碗進來了。他上了炕，把小碗放在他老婆的頭旁，揪住她的頭髮，把她的臉拽得轉過來，說「看看，這碗裡是什麼。」他用三根手指頭捏起一點紅粉麵，又讓它落回到碗裡。「辣椒麵。一會兒給你用。等著，等他們幹完了，我給你灌上這個，治治你那兒的癢勁兒。」

他妻子閉上了眼睛，微微搖著頭。

穆兵第三。顯然他沒有任何對女人的經驗，剛上去，他就洩了。他提著褲子，看上去很痛苦，好像剛吞下去一碗苦藥。他又咳嗽又擤鼻涕。

現在輪到郝男了。向淑玲靠近時他似乎有些害羞。雖然這是他的第一次，但當他又開兩腿跨上淑玲時，他感到很自信，開始鬆自己的褲子。他往下看了看她的身體，覺得她像一隻大青蛙，綁著，等著人剝皮取蛙腿。他往上看，注意到她的耳朵小而精緻。他抓住她的頭髮，扳過她的臉要湊近了看她究竟長得什麼樣，她睜開了眼睛，裡面閃爍著淚光，盯著他。他被這雙充滿怒火的眼睛驚呆了，但還是忍不住要去看它們。她的眼睛好像起了變化——憎恨與害怕淡了下去，透過那模糊的表面，一種美麗和憂傷隱約地顯了出來，深不見底。郝男起了幻覺，想起了宋燕和村裡的其他漂亮姑娘。他下意識地俯下身，打算親親那張蒼白的臉，那張臉轉了過去，迸出了眼淚。郝男的頭上開始冒汗了。

「你幹嘛呢？」大衡對郝男喊道。

突然一陣吠叫從窗外傳來，那隻狼狗大概在追一隻狐狸或野貓，牠們是來偷雞的。野性的咆哮和嚎叫立刻充滿了院子。

「噢！」郝男叫出聲來，有什麼東西在他的身體裡折斷了，一陣麻酥酥的疼痛穿過他的脊椎，讓他不得不從淑玲身上溜下來了。他本能地站起來，往門口衝去，兩手提著褲子，冷汗在他臉上直滾。

他一衝進外屋，兩腿一軟就跪下去，接著就嘔吐起來。屋裡除去那口鍋裡半熟的酸菜湯味之外，立刻瀰漫起酒臭，酸了的食物和發了酵的糖和瓜子的氣味。他的新棉鞋，新卡其棉襖和褲子都被弄髒了。

「小男，起來！」大衡說，把手放在郝男頭上，搖了他兩下。

「我害怕，不做了，」郝男呻吟著，繫上他的褲帶。

「被一條狗嚇著了?沒出息。」尚杜說著，忍住了沒往郝男身上踢一腳。

「來啊，郝男，你得幹，」王明說，「你洩了你的陽氣，得到她那兒去找回來，要不你就全丟光了，你不知道嗎？」

「不，不，我不想做了。」郝男搖搖頭，喘著。「別管我，我好難受。」他揉了揉眼睛，想從暈眩的迷糊中清醒過來。他的手軟弱無力。

「讓這草包一邊去，我們來。」尚杜跨在門檻上大聲說。

他們便又回房間去作樂了。「真沒勁，被一條狗嚇著了。」楊衛說著，搔了搔頭皮，格格笑起來。

黑暗中郝男抓住那口大鍋的鍋臺，吃力地站起來，搖晃著走進了寒風刺骨的夜色中。

正像王明說的那樣，郝男完全陽痿了。那天晚上他光著頭，在漫天飛舞的雪花中走回家，在炕上整整躺了兩天。開始，他不敢告訴父母這件事，但不出一個星期，全村都知道郝男被尙柱家的狗嚇著了，丟了他的陽氣。他父親罵了他好幾次，而他媽則在一邊悄悄地哭。

兩個星期後，宋家把郝家的上海牌手錶，飛鴿牌自行車——兩件已經到了宋燕手上的最貴的聘禮還了回來。他們覺得郝男不再是個正常的男人，不能把女兒嫁給他。儘管郝家再三懇求，宋家還是不肯留著這聘禮。不過，他們答應，如果郝男在半年中能恢復過來，他們會重新考慮這門親事。

在四個月裡，郝男到城裡去看了好幾個中醫，他們開出一系列的方子來給他壯陽：人參，海馬，白芷，阿膠，鹿角，虎骨，蜂王漿，甚至用了鹿鞭，可沒一樣東西有效。他媽殺了兩隻老母雞和人參燉在一起。郝男吃下了這難吃的大補之物，第二天就流鼻血，而且很快開始掉頭髮。他爸爸罵他，說郝家祖祖輩輩沒出過這種廢物。的確，一個正常的男人，只要吃上幾片鹿鞭，下面就會硬起來而走不出門了。可郝男什麼動靜都沒有。他這條軟塌塌的海參，根本就沒藥可治。

現在村裡人不再把郝男當男人看了。孩子們遇見他就叫他「狗嚇兒」。雖然有幾個媒人上郝家的門，但那是去給他妹妹們說媒的。在所有的不孝中，無後爲大。可郝男能對此做什麼呢？他有一次想到要去毒死尙柱家的狼狗，可這個主意並不能讓他提起興趣來。一天下午他在去豬場的路上，遇見了那條狗，狗朝他跑過來，搖著尾巴，吐著舌頭。郝男想上去踢牠一腳，但他注意到宋燕正在兩百米開外的菠菜田邊上走著；結果他就把手上吃了一半的玉米餅子扔給了狗，牠叼起餅子跑走了。郝男看著那姑娘的側影，她身穿一件奶白色的上衣，火紅色的紗巾在微風中飄動著。她肩上荷著一柄鋤頭，看上去像一隻丹頂鶴，在綠色的田野上移動著。

主權

馬莊的廖明在自家院子裡正喝著高粱酒，狗吠起來，門開了。廖明抬了抬他厚厚的眼皮，看清來人，喝住了狗，「老凌，什麼風把你給吹來了？」他大聲說。

凌勝直喘粗氣，廖明又問，「什麼事？」

「老廖，眞是不妙，」凌勝說著走近了些，汗珠順著他的額頭和臉頰往下淌，他用沾了泥的手擦了擦，把臉上抹得一條條的，活像個唱京劇的花臉。「老廖，我是來求你幫忙的。」

「我能幫什麼忙？」廖明問，歪了歪他灰頭髮的腦袋。「你先坐下，來一杯？」

「不了，謝謝，」凌勝說，站在廖明面前，兩手放在他窄窄的胯上。「白獸醫說今天是我那母豬配種的好日子，可是馬丁——柳莊那個狗娘養的——沒帶了他的種豬過來。他答應我三點到，操他奶奶的，我把母豬洗淨了，把各處都收拾了，等了他這麼半天。這都已經過四點了，我那豬不能再等，這……」

「怎麼著?」廖明說，劃了根火柴點上一鍋煙。

「所以我想請你幫忙。」

「不成。」廖明甩滅了火柴，噴出兩根煙柱。「我那種豬明天早上跟莫伯韶家的母豬訂下了好日子。假如牠今天在你家豬身上掏空了，明天牠就剩不下什麼給莫家的豬了。不行，不能這麼幹。我不能蒙自己村上的鄉親。連兔子都知道不吃自個兒的窩邊草呢。」

「我求你了，老廖！來吧，看在我們多年鄉親的份上，看在我們上輩子老人是朋友份上。」

「是爲了這些個，嗯?那你爲什麼不先上我這兒來?」廖明的臉漲紅了。

「饒了我這一回，行不行?下次我一準先上你這兒來。」凌勝頓一頓，又說，「圖個公平，我會多付你錢的。我給你十五塊，行不?你瞧，多五塊呢。你能多買兩瓶高粱酒。」

「省下你那五塊錢給你的老娘去！」廖明說著，朝他屁股下的石凳上使勁地磕了磕他的煙袋鍋。「你們這些黑心的傢伙就知道錢，爲了幾塊錢能賣了你爹的棺材板。你們聽說外國的白克朗豬能長得比咱們的黑家豬大，你們都帶了母豬去馬丁那兒讓他的外國豬操。人人都知道克朗豬的肉味道不鮮，你們他媽的才不管呢。你們只想著叫豬在收購站的磅上壓秤。你的良心到哪兒去了，夥計?你不該像這樣騙買主，騙國家！」廖明的嘴邊起了一圈白沫。

「行，我錯了，老廖，快來吧，我們現在沒功夫講這些。我那豬在家等著你呢。請去一趟把活兒幹了。」

「等著我？你怎麼知道我會去？」

「我知道你會的，因爲你明白事兒，你待鄰里鄉親好。你不幫我，誰幫呢？」

廖明的火氣似乎消了些。他舉起杯子喝乾了杯中的酒，可卻把煙鍋伸到煙袋裡打算再裝一鍋煙。

「別拖了，廖哥，我求你了。」

「你先去，我隨後就來。」廖明不當事地說，收起煙袋，纏在煙桿上，插進他後腰眼的腰帶裡。

「你可應了我啦，老廖，我這就跑回去等著你，行嗎？」

「你就撒開你的狗腿跑吧，我過兩分鐘就來。」

凌勝從大門口一消失，廖明就往屋簷下的豬圈走去，他給種豬舀了兩瓢煮黃豆，在每次交配前他都給牠一些有營養的飼料吃。不管怎麼說，牠這是給他幹活兒呢。最近幾年牠給他生的財抵得上兩個壯勞力的工分。這交配的買賣一直幹得不錯，直到有了馬丁的外國種豬，才來了競爭者。不過到目前爲止廖明還是有不少主顧，馬莊大部分人家還是向著他的。

「好小子，今天你又有福氣了，」他對吃得呱嘰出聲的種豬說，「你的嘴和你的雞巴都有福。我每星期都讓你進洞房，你感不感恩？你當然得感恩啦，你真是頭有鴻運的豬，子孫滿天下。你得給我好好幹，是吧？」他在種豬的頭子上輕輕地拍了兩下，牠識趣地哼著。

他拿出根麻繩繫在豬的脖子上，把豬圈的門提上去，豬走了出來。看著牠重達三百斤的長大的身體，廖明忍不住又說開了，「你眞給我上臉哪，小子。你不光給我掙來錢，還給我掙來在這村裡做人的體面。憑你的那桿槍，你攻下了這麼多的村子。沒人能像你幹得這麼棒。這會兒，咱該走了吧？」

「你在那兒跟誰說話呢？老頭子？」他妻子從房裡叫他。

「跟咱們豬說話呢，老婆。我們得幹活兒去了。晚飯炒上十來個雞蛋。咱今兒要多掙錢了。我過個把小時就回來。」

「行啊，早點來家，我們等著你。」廚房裡風箱的嘰嘎聲又響了起來，肥肉在鍋裡煎得啪啪出聲。

廖明動身往凌勝家去，種豬在路上一溜小跑，路面上的乾泥巴被牛車壓出了好幾道車轍。雖然紅紅的太陽已經往深黛色的大王山斜去，但空氣還是很熱。小草這裡那裡鑽出土來，幾天前下了種的玉米地像巨大的灰色肋骨朝綠色的天邊延伸。所有的東西都懶洋洋的，甚至連空氣都讓人發懶。西邊有一群羊從山坡上慢慢走下來，像停在樹叢上的白雲一般。一些細碎的聲音，孩子們的聲音，從遠處嗡嗡地傳過來。一隻驢子一聲聲的叫喚，撕裂了空氣。

凌勝家在馬莊的盡北頭，走過去大約十分鐘。一到那兒，廖明就領他的種豬直往院子裡走，他回身關上院門。他想快點兒完事，拿了錢，回去吃他的晚飯。晚飯會有炒雞蛋，煎餅，豆腐，生蔥，燉刀魚，那是他今天早晨在歇馬亭賣了小豬後買回來的，他最喜歡吃這種魚，從來都吃不夠。

他大吃一驚，凌勝的院子中央站著那隻巨大的白克朗豬，在牠後面，一隻年輕的母豬仰面躺在一片磨盤上。他一眼就認出了種豬的主人，馬丁，馬丁正和凌勝在說話。凌家十幾歲的兒子二驢在豬圈裡起糞。見了廖明和他的黑豬，他停下手裡的活，朝馬丁和他爸那兒撇了撇嘴，做著鬼臉。

廖明怒火塡胸。我被耍了，他想。凌勝，你這吃屎的家伙，你已經讓馬丁在我前面到了。

他想直接走到凌勝面前，痛罵他一頓，讓他的祖宗八代在墳裡聽了都不得安睡。但他遲疑了，因爲在他的右前方那隻白種豬看上去那麼大，比他的黑種豬還大。牠菱形的眼睛對著廖明和他身後的黑種豬眨動著，閃出凶光。

凌勝意識到自己造成的尷尬局面，停下話頭，轉過身來走向廖明想叫他鎭靜下來。他一步還未跨出去，就聽廖明叫了一聲摔倒在地。一道黑影越過他的身體朝白豬衝過去。凌勝和馬丁本能地往旁邊一跳，雞和鴨往四處飛竄，一隻公雞上了牆，然後飛到了鄰家的院子裡。二驢把鍬往糞堆上一插，一撐跳出豬圈，興奮地喊道：「好樣的，幹掉這個外國王八蛋，把牠趕回去！」

豬嚎叫著，比那些送到屠宰場，被尖刀捅進喉嚨裡的豬叫得還響，聲震四鄰甚至全村。

廖明站起身來，兩隻豬已經打成一團。雖然白豬更大更重，可黑豬敏捷而凶猛。看牠們滾在一起，廖明感到他的種豬一點不比那個外國畜生差。在牠們剛打起來時，他本能地要去阻止，因爲吃不準他的豬能否敵得過牠的對手。可眼下他改變主意了，他的種豬至少得在這個莊子裡稱霸。由牠去爲自己的領地作戰好了，守住牠的老婆和小老婆們，廖明想。把這個外國混蛋趕走，好好給馬丁和凌勝一個教訓。看他們還敢不敢小看我和我的種豬。

因此，廖明根本不去拉開兩隻豬，卻站在一邊不動聲色地看著，欣賞著牠們的搏鬥。同樣地，馬丁和凌勝似乎也很樂意觀戰。和這幾個成人不同，二驢公開表明他的立場，他舞著根木棍給黑豬加油，他們全都不管那隻母豬了，牠在亂中逃回了豬圈。

白豬張開了嘴，去咬牠的進攻者，猩紅的舌頭淌著血。人們弄不清這血是從黑豬的傷口來的，還是從牠自己的嘴裡來的。牠一次次地撲了空，咬不著黑豬，黑豬似乎相當聰明，能用牠的頭臉擋開進攻。

幾個回合之後，兩頭豬停了下來。互相走開了十多步，又轉過身來對峙著，彷彿被熱血沖暈了頭。接著，牠們又朝對方衝過去，隨著一聲悶響撞在一起。可牠們誰都沒有倒下，也沒有後退。牠們纏在一起，用鼻子架住對方，開始了一場角力。兩個身體都緊繃著，好像渾身全是肌肉，沒有一點肥膘，兩隻豬很慢地轉了一圈又一圈，都想把對方摔倒，但誰都不能成功。牠們柱子般的後腿插進泥土裡。

突然，黑豬撒尿了，一條帶綠色的水柱衝了出來，淋在地上。廖明的心沉下來，因爲他意識到他的黑豬在力量上抵不過那隻白畜生。他沒錯，頃刻，黑豬開始後退，兩條深轍在牠的後蹄下出現了。

浸透了尿的地面使牠不能堅實地立住腳。白豬一直推，推，推，然後猛烈一撞，把牠的敵人扔了出去。黑豬正倒在牠主人的腳跟前，又哼又喘。廖明的心頭感到錐心般的刺痛，打算彎下身去幫牠站起來。但他忍住了，因爲他看到馬丁朝黑豬輕蔑地看了看，一絲笑容掠過他那張方臉。廖明怒火中燒，凶狠地踢著黑豬的肚子，使牠立刻站了起來。那豬似乎能領會主人的意思，又朝牠的敵人撲了過去。

這一次牠們的戰鬥全然不同，黑豬似乎意識到牠在體力上的劣勢，就用牠的牙齒。牠張開嘴，猛咬那頭白豬，而白豬動作起來不快，不能次次躲過牠的進攻。可白豬眞大，站在那裡像個橋墩子似的。

廖明擔心起來，顯然，他的豬是沒機會取勝的。正在他盤算著怎麼找一個藉口把他的戰將從這場戰事中撤走時，那隻黑豬走到旁邊去了，然後，慢慢地朝白豬接近，突然牠跳到空中，舉起兩隻前蹄，往前直插過去，戳到牠敵人的臉上。白豬死命地嚎叫起來。在牠的右眼下一塊一寸見方帶毛的皮給撕了下來，還連著一塊肉。這糊著黃泥的傷口瞬時就變成了殷紅色。

「好一頭豬！牠知道怎麼抓撓。」凌勝叫起來。

「咬死這個外國畜生，」二驢喊道，拿棍子敲著白豬的臀部。

「二驢！」馬丁吼道，「你這兔崽子，別去折騰俺的豬，牠只是個不會說話的畜生。」

廖明很開心。他看看馬丁，對他擺出笑臉來說：「咱就到這兒爲止，老馬，行不行？」

馬丁沒作任何反應，彷彿他沒聽見廖明的話。

兩隻豬繼續互相咬著，白豬現在顯出了粉紅色，但在牠身上並沒有多少傷，只在牠的側面有一些短短的泛紅的痕跡。黑豬雖然沒有變色，可牠比對手的傷多，但牠的鬥志卻絲毫沒有消減。牠把黑黑的鼻子拱到白豬的下腹，往牠肋骨的柔軟之處結結實實地咬了一口。只聽得白豬發出一聲震耳欲聾的嚎叫，血滴到了地上。黑豬被這一聲吼叫驚呆了，愣在那裡，像是摸不著頭腦的樣子。白豬竄起來，張開洞穴似的嘴就朝敵人撲去。巨大的粉紅色的下顎撞在黑豬頭上，把黑豬撞出了十來尺遠。黑豬立刻嚎叫著逃竄，白豬緊追過去。邊上站著的人沒一個弄清楚事情是怎麼發生的，便見地面上一隻比手掌還大的黑耳朵在抽搐著，抽搐著，像一隻大蝙蝠。

黑豬逃進了茅房，又從另一頭鑽出來。白豬追過去，撐著茅房的柱子被撞斷了，折落下來，當白豬在另一頭一出現，茅房就塌了下來。

「我的廁所！噢，我的廁所，」凌勝喊道。「你們倆快去攔住你們的豬。牠們毀了我的家當啦。」

二驢拿起一根叉子去追白豬，叫道，「找死的東西，我把你給捅了，白畜生！」

「別，住手！」馬丁尖聲叫道，伸手阻攔。

「二驢，放下！」他爸爸厲聲喝道。二驢停住了，丟下了叉子。

那兩頭豬已經攔不住了。黑豬似乎已經從失去耳朵的暈眩中恢復過來，靠著泥胚的牆站著。牠的臉上糊滿了血，使牠看上去極其凶殘，以至於白豬面對這張嚇人的臉也有些猶豫。黑豬朝天發出一聲怒叫，朝白豬發起進攻，白豬有些發抖了。

白豬開始躲避牠那不要命的敵人，漸漸地黑豬開始追逐白豬，一次次跳起來去咬那粉紅的屁股和側腰。這會兒，廖明和馬丁都想去止住牠們，但已經太晚了。沒人敢接近那兩頭豬，那隻黑豬已經碰見什麼咬什麼。牠把白豬追個不停，叫牠根本沒有機會停下來調整自己以投入眞正的戰鬥。

接著白豬掉頭往大門衝去，黑豬緊追其後。只聽見一聲轟響，木頭的門消失在一團塵埃裡。等院子裡的人視線清楚了，兩隻豬已經沒影了。人跑出門，見牠們滾在路另一邊的麥田裡。白豬現在停止逃竄，開始發起進攻。麥稈和黑土塊在兩隻踢著，衝著，咬著，撕著，哼著的豬周圍飛舞。

當人走近牠們時，兩隻豬互相站開一點，然後朝對方衝去。兩個頭撞在一起，撞得那麼厲害，雙方踉蹌了幾步都倒下來，疼得哼叫著。在牠們身邊，麥地露出了黑黑的土壤，麥苗拋得到處都是。

「咱們得止住牠們，牠們把孫福的莊稼毀了。」廖明對馬丁和凌勝大聲說，這時村裡的人也開始趕過來觀看。

凌勝回去抄起一塊厚門板對馬丁說，「幫我一把，我們用這個去把牠們分開。」

馬丁托住門板的另一頭，他們朝豬走去，牠們這會兒正在用鼻子撞擊對方。

廖明走過去抬另一塊門板，有一個人過去幫他抬到田裡。他們打算把門板橫著插進兩隻豬的中間，一旦把牠們分開，每一塊板就可以把豬擋回去。廖明有意靠近自己家的那頭豬這邊，因爲他覺得牠會認識自己主人，不太可能朝他進攻。試了幾次後，廖明和他的幫手總算把門板插到兩隻豬之間了。他對自己的豬不斷喝道：「停下來！停下，你這不認自己主子的畜生！」

過了一小會兒，那黑豬似乎略微安靜下來一點，可牠又衝上前去，黑乎乎的身體竄過門板正落在白豬的身上。伴隨著高聲的嚎叫，兩隻豬又滾到了一起。「天哪，這黑豬根本就不要命了。」人群裡有人說。二驢向他的夥伴講了白豬衝倒了茅房的事。

「嗨，夥計們，」廖明對人群大喊道，「來幫一把！豬毀了太多東西了。你們想讓整塊的田都給翻起來嗎？」

六個年輕人過來幫忙。這時凌勝和馬丁已經把他們的門板插到兩隻豬之間了，另一塊板也馬上擋到了黑豬的前面。然後兩塊板慢慢地開始移動，盡快把兩頭豬分開。

這場廝鬥總算被止住。兩個打架的雖然還在哼叫，但顯然都已經筋疲力竭打不動，況且有那麼多隻手摁住牠們。當馬丁往白豬的脖子上拴繩時，有幾個孩子從遠處往白豬扔石子，齊聲喊道：「外國豬，滾回去！外國豬，滾回去！」

「王八羔子，」馬丁罵道，「我的豬操你們老師了嗎？怎麼把你們都教得這麼愛國？」

廖明的繩子不在手上，肯定落在院子裡了，他就朝站在近處的二驢說，「你幫我扶住這門板行嗎？我拿繩子去。」二驢接過來，把住門板的一角，站在黑豬的旁邊。他瞅著牠那血污的臉。爲牠那耳朵的殘根而難過，有些綠頭蒼蠅正圍著吸上面的血。

這時馬丁帶了他的豬走開了，摁住黑豬的人也鬆開了手。當那些人用麥稈去擦手上的血污和泥土時，黑豬竄到邊上對著二驢的左大腿咬了一口。二驢撲倒在地，一大塊白生生的肉從他撕開了三角豁口的卡其布褲子裡掀了出來。他在地上扭著，喘著，卻叫不出聲音來。白的骨頭和青的筋暴露出來，嚇呆了的村民們愣了好一會兒才攔住這孩子，讓他別在泥裡打滾。這時，黑豬竄出麥田，朝綠蛇溪岸邊的柳樹叢裡逃去。

「噢，我的兒啊！」凌勝哭叫起來，抱住二驢。「救救我的兒啊！」

一條皮帶立刻紮緊了孩子瘦瘦的大腿根，一件髒髒的黃汗衫裹在傷口上，瞬時，汗衫就變成了殷紅色。兩個人跑著去叫手扶拖拉機，孩子必須立刻送金州縣醫院。

廖明帶著繩子回來了，他在凌勝的院子裡耽擱了好一會兒，不僅找那根麻繩，還找豬的耳朵，可沒找到耳朵。肯定有人把它偷走了。不可能是狗偷的，他懷疑是凌勝的老婆幹的。他往人群走過來，老遠地就大聲罵著，「誰偷了我的豬耳朵，吃了下去，他的五臟六腑就碎成九十九片！」

「操你奶奶的！」凌勝朝廖明跳了起來，抓住他的衣襟，朝他臉上揮拳打去。「瞧瞧你家畜生對我孩子幹下了什麼？假如我有一支槍就好了，一支槍！噢，我的兒啊，我的兒。」他又大哭了起來。

廖明楞著不知道怎麼回事。他看到五十步開外有一個身體在人群中微微地扭動著。

他跑過去，看見了地上已經快斷氣的孩子。「哦，我的天哪！」他的小腿抽筋了。他一步都挪不動了，只好坐到了地上。

麥田的主人孫福趕來。看見他的地給平了，他的第一個衝動是想破口大罵那些肇事人，但一看到受了傷的孩子，他忍住了。他走進人群，聽他們正在談論二驢很有可能會送命。

廖明不敢離開，儘管他的肚子已經咕咕叫了。如果二驢沒傷著，他會馬上回家去吃熱騰騰的晚飯。可他如果眼下這麼做，村里的所有人都會指責他，而他的配種買賣不出幾天就會完蛋了。因此他留下了，誠心想幫著做點什麼，至少能安慰一下凌家。可他什麼也插不上手，他就不引人注意地待著，不出聲地聽其他人給那些沒看到這場爭鬥的人描述當時的情形。誰能想像豬具有這麼大的破壞力？有人提到那隻黑豬肯定有野性。比較著來看，白豬似乎更馴化些，對人少些進攻性。也許白豬飼養起來更安全，特別是家裡有孩子的話。

手扶拖拉機十分鐘後來了，一條大線毯被扔上了車。人們把二驢裹起來，放進車斗裡。拖拉機開走時急促地按著喇叭。

在車斗裡，凌勝的老婆把失去知覺的孩子摟在懷裡，大聲哭著，像是出喪一般。在往醫院去的路上，凌勝一直不停地詛咒著廖明和馬丁，還有他們的祖宗八代。他一次次地想到老鼠藥，對自己發著誓，他要去毒死那頭黑種豬。

葬禮風雲

丁盛去了金縣一座很大的紡織廠，在保衛科當幹事。才上班五天，就接到家裡的消息說奶奶過世了。科裡給他三天假回去奔喪，中午他就乘汽車回歇馬亭。

他一向喜歡看縣城外的風景，特別是那個給六個城鎮供水的長長的水庫和巨大的混凝土水壩。水壩橫在一道峽谷中間，連接著兩邊的山岩。在水壩的中央立著個小房子，像個帶著槍眼的碉堡。當汽車在堤岸上順著塵土撲面的路行駛時，水庫裡的水在陽光下像魚鱗似的閃著光。可丁盛今天沒心思欣賞風景，他閉上眼睛，想打個盹。奶奶的去世沒有讓他太傷心，雖然他很喜歡奶奶。

四個月前，他從部隊復員回來，奶奶就已經病重了，人們都覺得她熬不過這個春天。當時丁盛正在家等著分配工作，因此有時間照顧奶奶。他每天陪老人說話，餵她吃飯，有時還替她洗衣服。同時他還打些零工。每天上午，他和一些不同年歲的人在窯場往卡車上裝磚瓦。這是個力氣活，三個月下來他掙了六百塊——一筆不小的數目。他把錢都給了他媽。她卻替他攢起來，想他結婚時用得著，儘管眼下他連對象都還沒有呢。由於丁盛他爸！丁亮——在公社當主任，丁盛在歇馬亭找份工作絕對沒問題，但他一心要去金縣工作。

他奶奶居然漸漸康復起來，可以下地走動，甚至還能爲家裡人做飯了。人們都覺得奇怪，就對老人說，「你眞好福氣，攤上這麼個好孫子照顧你。」她笑著點頭贊同。

到了二月底，她病又重起來，覺得這回是過不去了。一天晚上，她把全家人——兒子，兒媳，孫子——叫到床前，平靜地對他們說，「我快死了，我這輩子沒什麼不如願的，想吃什麼就吃什麼，過得也平平安安，死就死了。人一死，就什麼都不知道了，你們別想我，好好過你們的。」她停了停，接著說，「可我有個願望，死了以後想埋在土裡，不想燒掉。你們別抬我去火葬場，我不去那地方。你們也別給我買什麼棺材，就把我放一個木盒裡，釘結實，深埋了。記住，要埋深了，這樣，拖拉機翻地的時候就不會翻到我了。」

「媽，別這麼說，」丁亮說，「你會很快好起來的。」

兒媳婦元敏在一邊抽泣起來。

「你得對我下保證，不燒了我，」老太太堅持說。

「行，我保證，」丁亮想都不想就對老人這麼說。

通常在每年的年頭上，會有些老人過世；可如果有人能熬過春天，就能活過這一年，因此丁盛對奶奶在初夏過世感到有些吃驚。不過他沒太難過，他是當過四年兵的人，見識過他的戰友在實彈演習中死去，他奶奶都活到八十了，算得上壽終正寢。

可他忍不住老去想土葬這件事，因爲現在國家爲了節約耕地，正大力提倡火葬。最近《人民日報》上有一篇社論說，如果再不停止土葬，幾百年後，我們就沒有土地種糧食了——「我們不僅要對死者負責，更重要的是要對子孫後代負責，我們的義務是要給他們留下一塊不那麼擁擠的土地。」

丁盛到家時，院子裡聚著十多個鄰居，正忙著幫丁家準備葬禮。葬禮定在明天早上，因爲天熱，屍體在家不能久停。在屋前的房簷下，一口黑色的舊棺材擱在小凳上，奶奶的屍體就停放在裡面。兩排帶著輓聯的花圈排列在棺材前，形成一個扇面形。丁盛的媽紅著眼睛，過來在兒子的衣袖上用別針別上塊黑紗。她告訴丁盛，「你奶奶走得容易。今兒早上起來我們見她在炕上躺著，叫她，不應聲，已經過去了有一會兒了，死得就跟睡著了一樣。」眼淚從她的腮上滾落下來，她擦了擦。

「這是個喜喪啊，」住隔壁的王大叔說。

「老太太就是福氣好，」一個中年婦女——元敏的同事說，「走得乾淨利索，一點沒遭罪。我死的時候能像這樣就好了。」

丁盛感到一點安慰。他父親走過來，把一隻手放到他肩上，「別太難過，」他對丁盛說。「是時候到了，她這輩子過得還不錯。」

丁盛點點頭，覺得他們大可不必把他當小孩子對待。他父親把他拖到一邊壓低聲音告訴他，「我叫木工房做一口棺材來，他們現在已經不做棺材賣了。這個是先從他們那兒借的，」他指了指舊棺材，「明天新的才能做好。不過他們沒有好木料，只有松木和楊木，我們選了松木的。」

「行啊，要多少錢？」

「一百五十左右。」

丁盛知道這個價格非常便宜，打了很大折扣。不過他父母手頭也的確沒錢，雖然他們兩人都工作，但一直欠著一大筆債。十五年前，丁盛的姑姑——他父親唯一的妹妹——發了神經病，被送到大連的精神病院。當時她還沒有結婚，丁亮作為家中唯一的男人，就得替她承擔這筆費用。他從公社借了一大筆錢，直到幾個月前才還清。他們家到現在還沒有完全從這筆債務中緩過氣來。眼下除了這棺材費，還要有別的開支，像壽衣，香菸，茶，糖果，食物，花圈，以及至少該請的一頓客。

丁盛在廚房找到他媽，告訴她可以用他在磚窯掙的那筆錢。鄰居聽見他的話，一個老太太誇獎說，「元敏，你真有個好兒子！」她的話讓丁盛臉紅了一下。

他媽笑笑說，「他奶奶死得是時候，好像就等著孫子回來照顧，再掙上一筆錢給她送葬似的。」

丁盛把這話想了想，覺得他媽似乎有些道理，彷彿冥冥之中是有點什麼讓事情成為這樣的。他轉身看到一堆小饅頭放在一隻大籃子裡，就問，「這做什麼用？」

「給孩子們準備的。」他媽說。「好些孩子來偷著拿餑餑呢。因爲你奶奶活到八十歲，他們大人覺得讓孩子吃上一個咱家的饅頭孩子就容易養大，所以他們都讓孩子悄悄上這兒來拿。」

丁盛記得他在十歲時吃過這種饅頭。他從籃子裡取了十來個，放在一個盤子裡，拿了出去供在棺材面前。

天黑了下來，他在棺材旁的矮凳上坐下。他回來後，棺材前又增加了四個花圈。他注意到籬笆上掛著些布片，好像是他奶奶的床單、被罩什麼的，但是已經被撕成碎片。一個年輕女人用剪刀還正在剪。他站起來，想過去阻攔，卻被王大叔擋住了。「由她剪去，盛兒，你奶奶是個有福的人，所以他們都要來剪上一塊，給孩子縫進被子裡，讓孩子好養些。」

然後他告訴丁盛，他們家的房頂上今天早上停滿了鳥，有燕子，麻雀，鴿子，喜鵲，成千上百的，連電線上都歇滿了。人都覺得驚奇，認爲鳥兒們是天上來的差人，下來接死人上天的。這老太太生前肯定做下了不少好事。

到了夜晚，丁盛和父親的一些朋友以及想對他父親表示感激的男人們一起在棺材邊上守夜。他點上些蠟燭，還點上些蚊香。棺材旁邊的一個長條桌上放著一籃肉包子、蒜瓣和幾杯綠茶，另外有幾個盤子裡放著牡丹牌香菸，炒花生，奶糖和山楂片。丁家在這次喪事上做得挺大方。

晚上七點，公社副主任黃志來了。他表示了哀悼之後，就跟主人進了房間，手裡端著一杯茶。

「老丁，」黃志有些不安地開口說，「我聽說木工房正爲你媽趕做棺材呢？」

「消息傳得眞快，是吧？」丁亮說著苦笑了一下。

「老丁，我不是要來管你家的事，但作爲同事，我勸你在土葬你媽之前，把這事再想想。」

「你聽到什麼了？」

「是楊書記把你做棺材的事告訴我的。瞧，你是不是得考慮一下後果？」

「奶奶的，他總不讓我安生。他就是管天管地，也不該管到我家裡來吧。」

「丁主任，我不是說楊書記做的每件事我都同意，不過我覺得你應該考慮土葬你母親在政治上的影響。你是公社領導，上萬雙眼睛盯著你呢。」

「你是說我該燒了我媽？」

「我不是這個意思。其實我是來通知你晚上我們黨委要開個會，討論一下這件事，八點鐘請來一下。」

「黨委會來討論怎麼處理我媽的屍體？」

「別生氣，老丁，這是黨委做的決定，我來只是通知你開會，知道你能去。」

「行，我去。」

實際上，黃志在公社黨委裡不是丁亮的對頭，他差不多是個騎牆派，這就是爲什麼讓他來通知丁亮去開會，而這個會又是丁亮他們那一派的人想要開的。楊書記是丁亮他們那夥人的對頭，這兩派勢均力敵，一碰到自身的利益就鬥個你死我活，只差沒有暗殺了。丁家的人甚至把屬於對方的人送的食品都扔掉，生怕其中會下毒。

八點，丁亮來到銀行街的公社黨委所在地，另外六個黨委成員已經都在會議室了。他們在裡面搖著扇子，喝著茶。丁亮不怕開這個會，因爲這兒有兩個人是他的鐵桿兒——馮平和田保。雖說楊書記是公社的正書記，可在公社黨委裡只有一個董才是他的走狗。另外兩個成員，黃志和張明，都是騎牆派，總是在見風使舵。

向丁亮表示了哀悼之後，會議就開始了。楊書記介紹會議內容時，丁亮有些困惑地看出楊書記好像對這件事並沒有多少興趣。他還想著楊書記會跳起來，大肆攻擊他做棺材的事呢。

「總之，」楊書記說，「我覺得這是家務事，我們得讓老丁自己決定。現在各人可以說說自己的看法。」

丁亮不大明白爲什麼楊書記會突然表現得如此平和，如此通情達理。然後他的人，田保發言說，「我同意，這是件私事，丁主任有權自己決定。不過作爲一位公社領導，他應該考慮一下後果和政治影響。假如很多社員都跟丁主任學，不肯火葬了，那我們怎麼辦？」

「我同意。」馮平說，他也是丁亮的人。「我覺得政治後果是首要的。我們不能讓我們的領導犯這種錯誤。」

丁亮見他麾下的人說出這種話來心裡很不滿意。他們爲什麼今天都來反對我？他自問，他們也有老娘，他們也肯把老娘的屍體燒了嗎？我可以不辦任何儀式悄悄地埋了我媽，不會有多少人知道這事兒的。我只是不想燒了她，我答應她的。

當丁亮走神時，楊書記的人董才發言了：「我同意楊書記的話，這是私人的事，我們不該干涉。我們都有老父母，假如我媽死了，我可不願讓她火葬。這會壞了我家的運脈，起碼我爹會這麼想，不行，決不行。」

「謝謝你，」丁亮說，感激得控制不住自己。「我答應過她不燒的！她死前淌著眼淚求我別這麼做。她只想隨便在哪兒深埋了，我不會占用任何耕地的。」

會開了個把小時，沒得出個結果。最後，楊書記讓表決，不是表決該不該土葬或火葬，而是表決是否讓丁亮自己作決定。結果是四比三，以個人作決定通過。丁亮鬆了口氣。

丁亮對自己手下的人沒打招呼就回家了。他剛轉過老人路，馮平和田保在公社黨委大院的邊門出現了，他們叫住丁亮要跟他說句話。

「丁主任，」田保說，「你是信得過那個王八蛋董才，還是信得過我們？」

「我當然信任你們。」

「我們跟隨你多年了，」馮平說，「我們知道你是個好樣的，孝順老娘。可他們想的不是這個，別上他們的當。他們正等著你犯個錯誤，然後就好撲上來把你撕巴了。」

「怎麼會這樣？」

「他們給你下套兒呢，丁主任，」田保說，他的小眼睛閃動著。「如果你明天早上埋了你娘，他們肯定明天下午就向上級報告。禁止土葬是今年的主要政策，你是知道的，實際上，楊書記今天不想開這個會，是我和馮平說服了黃志和張明要開會的。他們只想等著你落井下石，但我們要在你落下去前攔住你。」

「對啊，」馮平說，「就像老話說的，『忠言逆耳利於行，良藥苦口利於病』，我們不想只討你喜歡，而是想幫你。」

丁亮大吃一驚，他伸出兩隻手，放在田保和馮平的肩上。「夥計，我這才知道他們同情背後藏著的眞心思。在會上我太感情用事了，沒看透他們。多謝你們及時忠告，我還來得及不犯錯誤，行，我聽你們的。」他停下來想了想，堅決地說道：「請幫我安排一下明天早上的追悼會吧，今天晚上就做，夥計。」

看著田保和馮平走進黑暗中，丁亮掉頭往家走。一隻蟋蟀在涼快下來的晚上困倦地叫著，遠遠地有人在吹笛子。這時，丁亮意識到，他是沒有選擇的，如果他在上面正全力禁止土葬舊習之時埋了他媽，他的官運就毀了。可他答應了娘的，他怎麼去說服全家呢？妻子那邊倒沒問題，她能理解這事，不會堅持要土葬的。再說，這是婆婆，不是她親娘。只是兒子那裡會有麻煩，那小子聽見他答應了老人，而且對這事的嚴重性不會有數的。

丁亮的顧慮沒錯，當他把這個新決定告訴全家時，丁盛不能接受這事。「你親口答應奶奶了，如果我們燒了她，她怎麼能安息呢？」

「沒錯，我是答應了，」丁亮努力平靜地說，「可你記得她說到死嗎？她說『我一死，就什麼都不知道了。』現在她對什麼都不會有感覺，要緊的是我們這些還活著的人。我們還得生活和工作下去。」聽上去理由充足，但丁亮覺得他的聲音缺乏應有的力量。

「盛兒，你爸說得對，」元敏說。

「不對，」丁盛搖頭，「土葬是我們能爲她做的唯一的一件事了。」他轉向父親，「我明白這可能會讓你升不了級，可最壞也就是讓你降一級吧。」

「媽的，這不是降級升級的問題，那些王八蛋等著要把我和你奶奶一起埋了，你明白嗎？他們想毀我們呢。」

「請你們別嚷嚷啊，」元敏央求道。

由於不能說服兒子，老子就建議表決。妻子當然是同意丈夫的，丁盛卻不肯妥協，就提到山東的姑姑，說她也是家庭成員，也該參加表決。「這太荒唐了。」丁亮說，「哪怕我們明天一早給她發電報過去，也得兩天後才能得到她的答覆，你想讓你奶奶的身子爛在這大熱天裡嗎？」

見兒子回不出話，丁亮放低了聲音說，「我在家裡不搞獨裁，少數服從多數。這是民主的原則，不是嗎？我們一家在這個危機時刻要團結一致，至少在外表上。我會給你姑姑去信，讓她就來，她來了，我會向她解釋這一切。我知道她不會像你這麼強的。」

丁盛知道爭了沒用，再說，他也並不覺得他父親就完全沒有道理。他走了出去，見坐在棺材旁邊凳子上的幾個人已經在燭光裡打盹兒。除了遠處豐收化肥廠的粉碎機還在轟鳴作響，夜已經很靜了。丁盛想著奶奶的話，疑惑著，人死了是否一切就眞的結束了。我們有靈魂嗎？他問自己，如果我們沒有，爲什麼這些花圈上說「永垂不朽」？爲什麼每年清明節我們要去給革命烈士掃墓？爲什麼鄉親們要給死人的墳前去上供、灑酒、燒紙錢？如果人眞有靈魂，當肉體被毀、被燒時，它會感到什麼？火葬會傷害到靈魂嗎？

他太睏了，沒法把思想集中在這些問題上，問題漸漸地消散了。很快，他和其他人一樣，在星夜裡打起了盹兒。

第二天一清早，宣傳科的一個小幹事帶了個相機來給花圈、棺材、涼棚、還有哀悼著的男男女女拍了些照片。九點，兩輛解放牌卡車和一輛長城牌麵包車開到丁家門口，十來個年輕人下了車，開始把棺材往卡車上抬，所有要去參加追悼會的鄰居朋友們都爬上另一輛卡車，丁家的人和幾個幫著做針線活兒的婦女都坐進麵包車裡去。

火葬場在歇馬亭西郊，在藍溪的堤岸邊。一個很高的煙囪豎在一個綠色的山包上，任何時候只要爐子燃燒起來，煙囪裡就會冒出一縷白煙。一看到這幽幽的白煙，鎮子上的老人就說，「他們又在燒屍體了，那魂靈準得回來，把他們孩子引到水泡子裡去。」可一天天的，在這裡焚化的屍體越來越多，人人都看得出這一行還真興旺起來。年輕人雖然都知道那是他們最終要去的地方，但他們根本不在意，他們有那麼多要操心的事，誰管那麼遠啊。

棺材在焚化室前抬了下來，屍體被移到一張狹長的推車上。丁盛在奶奶過世後第一次見到她的樣子。她穿著一身簇新的黑色掛褲，戴了頂呢帽，床單被子也都是新的。她蒼白的臉有些腫，但她看上去很平靜，像睡著了一樣。人們開始排成一隊，向老太太表示最後的敬意。令丁家人吃驚的是，楊書記、董才，還有幾個敵對勢力中的人都來參加追悼會了，幾隻綠頭蒼蠅嗡嗡地圍著死者的臉轉圈子。元敏揮動著手帕把牠們趕開。

兩個工人過來把車推向爐子，有人告訴丁家說他們會用最好的煤油來燒，如果他們想看，可以到爐子的左邊，通過一個小孔看焚燒的過程。丁家的人和幾個朋友站到那個地方，然後車子就推進去了。工人按了一下把手上的按鈕，屍體和被褥等就落在了爐子中央。推車出來時，火苗兒從四面八方圍上來一下子吞噬屍體和衣物。看的人幾乎什麼也看不到，只看到火焰在他們眼前飛舞跳躍。丁亮再也控制不住自己，放聲哭了出來。「哦，媽，我對不起你！我是個沒出息的兒子，媽，你等等啊，別這麼快就走啊。」眼淚從他肥胖的臉頰滾了下來。他的妻子和兒子也在一邊放了聲。

他們的哭泣眞有感染力，半分鐘內整個焚化室裡響起了一片哭聲。地上都灑上了淚水，人們抽泣著，擤著鼻涕。甚至楊書記都綳不住臉，拿出手絹擦眼睛。一些婦女哭泣著互相攙扶，她們的臉被突如其來的悲傷和痛苦扭曲著。只有那些工人在這陣悲傷前十分鎭定，若無其事，安然地抽著菸。其中一個人在用一塊毛巾擦著桌子上的骨灰盒。

二十分鐘後，爐子裡的轟鳴聲停止了，火焰一點點微弱下去，從小孔裡可以漸漸看清空了的爐膛。一個工人打開爐子，裡面留下一層灰，看上去像碎了的貝殼。另一個工人用一根針子把灰全收進一個大剷子裡，然後倒在一個篩子上，篩出煤渣。當丁家的人把骨灰往一只檀香木盒裡收的時候，人們開始朝外湧。

那位幹事舉起相機又照了七八張照片，其中有一張是丁亮一家站在大煙囪和栽得很整齊的松林前，手上捧著上面有老太太名字和相片的骨灰盒。照規矩骨灰得在火葬場留一個月，因此父子兩個，由丁盛拿著骨灰盒，朝一間臨時存放死魂靈的小屋走去。一進去，他們看見有許多小匣子放在靠牆的架子上，地上撒著麵包、水果、彩紙、燒殘的蚊香、狗屎、人糞。他們把骨灰盒放在架子的最上一層，就趕緊出來呼吸新鮮空氣。儘管這地方不乾淨，但因爲他們很快就會接老太太回家的，就只能對付一下了。

然後這群人爬上卡車，被載到東風旅店。元敏在那裡做副主任，酒席就設在那兒。爲了辦這席酒，旅店殺了兩頭豬。每個人都被請到了。飯菜做得不講究，只有白米飯和四個菜——炒茄子，紅燒肉，西紅柿炒蛋，粉條拌白菜——不過酒肉管夠。元敏爲這頓飯足足花去了有兩百五十元，因爲她不想給楊書記陣營的人留下什麼話柄。

丁盛回到金縣三天後，歇馬亭的本地報紙《常青通訊》上登出了一篇文章，題目是「在黨的原則和兒子的孝道之間」。文章報導了葬禮的詳細經過，描述了老人怎樣希望土葬，而丁主任則忠實地執行了黨的政策，拒絕讓母親入土。雖然文章看著是充滿贊揚的，卻有相當多的弦外之音。字裡行間傳達了一個很清楚的意思：丁亮不孝，儘管他母親生前求過他，他還是火化了老人。文章甚至點明「自古以來，忠孝難以兩全，丁主任堅決地犧牲了自己的老母，以此來證明他對黨和國家的忠誠。」

讀了這篇文章，丁亮扔下報紙，臉紫漲起來，大大的眼睛裡燃燒著怒火。假如他能抓住陽書記，他會焰死他，哪怕是吃了他的黑心也難解心頭之恨啊。人人都有老娘，那個姓楊的倒像是從南瓜裡蹦出來的。等著瞧吧，等到他的老娘歸西那一天。

當晚，丁亮在西街的公社招待所開了個祕密會議。馮平和田保都去了，此外還叫上了宣傳科科長邵彬。邵彬是這個鎮上最能寫善畫的人，新近剛從楊書記的陣營轉到丁亮這邊來。喝過一巡金果紅酒，丁亮從口袋裡拿出報紙放在桌上，說，「弟兄們，你們見了報上的東西了，是吧？」

大家都點點頭，沒吭氣。「操他們祖宗的！」丁亮罵道。「他們擠對我。假如我埋了我媽，他們會向上級報告，現在我媽燒了，他們就朝我噴糞。隨我怎麼做，他們都要來整我。這個世上有我們就沒有楊成，他跟我們不共戴天！」

「我還以爲他們這次能撒手呢，你又請他們吃過飯了。」田保說，「在火葬場，我見了董才，這隻毒蠍子，還掏出紙來擦眼睛。我當時就奇怪他居然有同情心。現在我知道了，他的眼淚是一個幌子。」田保咬了一口手上的雞腿。

「我們得找到反擊的辦法，」馮平說，一邊把西瓜籽吐在手掌中。「這次看上去我們大概要打上一場筆仗了。」

「小邵，你認爲我們該怎麼做？」丁亮問。

「我們應該寫一篇文章來改正這篇東西給讀者的錯誤印象。」邵彬指著桌上的報紙說。

「我覺得我們該棋高一著，」田保說。他曾經是部隊裡的政治指導員。「我們不該跟他們在同一張報紙上較勁，我們最好找一家大的報紙。如果我們能把文章登上大報，他們就能自動封口了，他們哪敢跟上級作對呢。」丁亮點點頭，對這個出色的主意很上心。然後會議的程序就集中到該寫什麼樣的文章和送到什麼樣的報紙去。他們一致同意說重要的是強調老太太怎樣在丁主任的開導下，認識到黨的關懷和子孫後代的利益而改變了思想的部分。文章要同時送北京，瀋陽和金縣。由於邵彬常常給幾份報紙寫稿，他對丁亮保證說他知道該往哪裡送稿子。

「弟兄們，」丁亮最後說，「一個好漢三個幫，一個亭子三根樁，我感謝你們，等我有升官發財那天，我不會忘了你們，好弟兄們。」

那天深夜，邵彬就把他們科裡兩個年輕的幹事叫起來，連夜趕寫文章。

快得叫人出乎意料，一星期後，省裡最大的報紙《遼寧日報》登出關於葬禮的文章。雖然登出的文章在邵彬的原稿基礎上改動很多，但還是給丁亮他們陣營提供了及時的武器，改動過的題目很有感染力：「爲了千秋萬代的幸福」。報導說，一個住在名叫歇馬亭公社的進步老人，自願在死後焚化自己的屍體，儘管她的兒孫們已經爲她準備好了一口昂貴的棺材，可她卻希望留下一個整潔的世界給將來出生的人。對她而言，這是她留給後代最好的禮物。報紙還登出了丁亮一家在火葬場前捧著骨灰盒的照片。

丁亮對登出的文章很震驚。他原以爲最多縣報會對報導這個葬禮有些興趣，因爲他在縣裡有幾個頗有影響的朋友，媒體對他這個人也不是完全不知道。現在，這個葬禮居然連省裡的領導都注意了。雖然這篇報導與事實出入很大，卻給了他目前所需要的東西：對這個葬禮的權威說法。面對這篇文章，楊書記那幫人豈敢再來就他對黨的忠誠和母親的孝道說三道四了。丁亮現在唯一要做的就是重複報上的話。他要求他手下的筆桿子們堅持這最新的說法。從現在起，所有的槍要統一口徑。

雖然外界的危機已經平復，可家庭內部的還在。老人死後，元敏晚上一直睡不安穩，她有心思。在婆婆死的前一天，她拿走了老人那把開大紅櫃的鑰匙，櫃子裡鎖著糖，糕餅，罐頭水果。由於丁亮是鎮上的主要領導，那些來見他的人都會給他有病的母親送上些禮物。有時是一盒酥餅，有時是一袋水果，有時是一塊醃肉。那只紅櫃裡總放滿了點心，老太太一天要打開好幾次，甚至在上床前她還會開了拿東西吃。這就是她爲什麼會說「想吃什麼就吃什麼」。

元敏覺得吃飽了睡覺不利健康，就決心要破破這個壞習慣。人們吃飽肚子是爲了幹活兒的，一個老太太睡覺時吃一肚子好東西做什麼用呢？這只會讓她發胖。她死的前一天，元敏對她說，「媽，把鑰匙給我，你別在上床前吃一肚子東西，這對你的健康沒好處。」

「不，」老太太說，「櫃子裡的東西都是我的。不行，我不給。」

見說不服她，元敏就從掛在牆上的上衣的口袋裡找出鑰匙拿走了。她婆婆哭起來，但元敏不肯還給她。老太太本打算等兒子回來告上一狀的，但她哭得累了，就睡下了。元敏不敢把這事告訴丈夫。如果他知道，他可能會衝她大叫，「是你把她逼死的！」她餘生中怎麼受得了這種責備呢？

儘管她這麼做是爲婆婆好，可老太太肯定在死前恨著她。如果她知道那是老人的最後一天！她肯定會做任何讓她喜歡的事，由她去吃個夠的，現在晚啦。她說不上喜歡自己婆婆，但也並沒有不喜歡到要去傷害她。不管她在葬禮上哭得有多傷心懊悔，事已經做了，受傷害的靈魂是不會寬恕她的。每天晚上她都在床上翻來覆去地睡不好。

更叫人不安的是她的小姑子淑芬，沒幾天她就會到了。這鄉下女子曾精神錯亂過，如果讓她知道了發生的事，或者她對火葬不滿意，淑芬可能會因爲生氣而再次發病。那麼丁家又得把她送到精神病院去，這意味著他們又得負一大筆債了。元敏想到這個就害怕。她記得十五年前，淑芬在他們這兒，滿院子裡喊、唱、笑、罵，有時她還會跑上街，學狗吠驢叫，學鴨叫羊咩，還學公雞打鳴。孩子們追著她，朝她扔石子。她吃飯時，光挑愛吃的吃，還要吃個夠，別的碰都不碰，沒人敢說她一句。一次她吃下去整整一碗紅燒肉，吃完還罵元敏，因爲在她吃的時候，元敏對她說了一句，「妹妹，你怎麼不吃點兒米飯？」

那時老太太還活著，只要淑芬弄髒了褲子，或掉下茅坑，她媽就爲她洗澡洗髒衣服。現在呢，假如她再瘋就得由元敏來照料所有這些事，想想都怕。她緊張極了，在丈夫面前哭過幾次。丁亮倒很能理解妻子的顧慮，就答應她說，他妹妹來的那幾天，他會管好她，但元敏千萬別去惹她。他安慰妻子說，五年前淑芬的丈去過世她並沒有重犯神經病，這一次她也不可能再犯。

丁盛讀了《遼寧日報》上的文章，很生氣。這事情怎麼全反過來了呢？他奶奶從來沒有把火葬放在第一位，也沒有什麼「價値昂貴的棺材」。撒謊，報紙總是撒謊，他對自己說。不過他已經成熟了，知道把怒氣和問題藏在心裡。他在部隊的經歷使他明白：禍從口出。一天早上他父親打電話來，讓他回家，姑姑到了。丁盛跟領導請了假，再加上他攢下的一個星期天，他可以回家待上兩天。他乘三點的火車，只用了一小時就到家了。

丁盛進家門時，他父親正在院子裡讀《射雕英雄傳》。「火車還擠嗎？」丁亮心情輕鬆地問，把書放進口袋裡。

「不擠，我坐在靠窗的座位上。」

「聽著，」他父親壓低聲音說，「你姑姑在咱家就待幾天，我們要盡量在每一件事上都別惹她。

別對她說眞相，明白嗎？」

「爲什麼？」

「我不想讓她再發神經，你呢？」

「當然不想。」

「那你就重複我對她說的話，我對她的脾氣要比你摸得透。」

「行。」

丁盛進了屋，見淑芬在廚房正幫著元敏切芹菜。丁盛吃驚地發現，他姑姑一點沒變：還是那樣厚厚的黑髮盤在頭頂上，還是那樣寬寬的、皮膚粗糙的臉，還是那樣的暴眼，眼神有點兒怪。她的笑聲和她的身體一樣雄厚。她一見丁盛，就大聲說，「大侄子，想不到你有這麼高了，是條大漢了。」

「姑姑，你好吧？」

「好，我挺好。」

晚飯很快做好了。一家人在飯桌上坐下，丁盛給大家斟長白山葡萄酒。他先給姑姑倒，然後是他爸，他媽，最後給自己倒上。在開始動筷子前，丁亮略微直了直腰，笑容滿面地說，「我今天眞高興，首先，妹妹來了。我有十五年沒見你了吧，淑芬。這次團聚眞叫人高興。第二，我被提升做副縣長了，剛來的通知。」他轉向淑芬，「這我得謝謝咱媽。」

碰杯聲和笑聲充滿了屋子，筷子勺子叮噹地響著。丁盛對父親宣布的消息非常驚訝。這是一個很高的提升，對他也非常重要。從現在起他在縣城的生活和前途會大不相同。他父親不必公開地幫助他，只要他人在縣委，丁盛在他們領導眼裡就會成爲個人物。他們再也不敢叫他找後門爲他們買豆油了。相反，他們卻得在過節時考慮給他送些什麼。還有，他可以從紡織廠的漂亮女工中挑個最漂亮的結婚，然後把家安在縣城裡。他從沒想到過命運會對他如此垂青。藉著酒氣，他站起來說，「爸，祝賀你！」

大家都乾了杯裡的酒。然後丁亮轉向淑芬說：「妹，你已經看了葬禮的照片和報紙了。我們是想埋了媽的，可她老人家想永遠和我們待在一起，因此我們沒等你發話就把她火化了。」

「我的話不算數，」淑芬說，「你是兒子嘛。」

「別生我的氣，妹。你瞧，只有把她老人家放在盒子裡，我們才能到哪兒都帶著她。我是黨的幹部，保不定要全國各地到處調動。如果我們把她葬這兒，等於就是把她老人家一個人留在野地裡了，我們不能那麼做。」

「哥，別誤會了我，用不著來說服我。我看得出你是盡了全力。花圈、照片、報上的文章。媽還指望什麼？這麼氣派的葬禮，又風光又排場。假如媽還留在咱村的話，我們可做不到像這樣。媽天上有靈，也一定高興。」

元敏大大地鬆了口氣，一時找不出話來表達自己，就夾起一大塊燉豬耳朵，放到小姑子的盤子裡。

「等等，」淑芬說，「我得拿點兒東西回家。」

元敏縮回筷子，愣了。淑芬接著說：「我想把這些照片都帶回去，拿給我們鄰居看看。哥，還記得劉叔嗎？」

「當然記得那老頭。」

「他去年死了，一共只有兩個花圈，就兩個。」她用筷子在空中比劃了兩個大大的圈。「可咱媽有三十六個。我得讓他們看看。」

丁亮笑著答應他妹妹可以把所有的照片都帶走，還要把它們放進一個光滑漂亮的影集[1]裡。元敏還保證給她寄去更多的照片。然後丁亮宣布說，明天早上由丁盛陪姑姑去火葬場把老太太接回家。雖然骨灰盒放在那兒還不到一個月，但沒關係。他們要把它放在堂屋裡，這樣他們到年節時做了好菜就可以供在她面前了。

丁盛知道，他父親說的話有水份。但他已經信服，葬禮就得這麼安排。他現場意識到自己有一個多麼有權威懂世故的父親，老頭子能審時度勢，轉危為安。他有太多東西該向父親學習了。他再一次站起來，舉起了杯子：「爸，祝賀你！」

1 相本。

最闊的人

在我們鎮上，李萬是個闊人。他過去是個軍醫，一九六三年轉業後就一直在公社的衛生院當大夫。他妻子也在那裡工作，是個護士。他有個綽號叫「一萬」，是從他銀行的存款數來的。若干年前，他的綽號還不叫一萬，而叫「一千」，因爲那時他的存款還不到五位數。

李萬是個小氣鬼，全鎮的人都在說他有多麼吝嗇。關於他的傳說可多了：他用鹼灰當牙膏和肥皂用；他給妻子規定煮麵條時放乾蝦米一次不能超過四粒；他不買成包的香菸，總是一次四五根那麼買；他在家攢下好多玉米殼當草紙。當然，節儉是種美德，人人知道。就像糧本上最後一頁提醒我們的那樣：

一頓省一口，一年省幾斗。

可像他那樣每月工資一一〇元，幾乎是一個普通工人的兩倍，他總得手頭大方些吧。他不該在市場上跟賣雞蛋和蔬菜的小販那麼殺價，活像他是要買下條牛似的。還有，他得時不時地給鄰居們來點小恩小惠吧，比如在兒童節給孩子一根鉛筆啊，中秋節給老人來根甘蔗啊。沒門，他從來不做這種事。他呀，且得好好學學怎麼施捨呢，可對一個闊人來說，這眞的太困難了。

此外，人一有錢，還很少能不牛氣[1]的。李萬當然不能例外。雖然天生吝嗇，他卻也能奢侈。他有一把最好的獵槍——鎭上唯一的雙筒獵槍，一架德國相機，一輛黃河牌的摩托車，在歇馬亭除了他，只有另一個人有自己的摩托車。可那個豐收化肥廠的電焊工壓根兒是個傻瓜，他騎了這玩意兒只爲了擺闊，跟所有那些不知他底細的女人說自己是廠裡的工程師。可對李萬這種人來說，這件東西可是實實在在的具體財富，他才不讓任何人碰他的摩托車呢，也決不用它捎帶任何人。

沒有高低之別，人就不生怨憤，沒有貧富懸殊，人就心安理得。這老話有多智慧啊。全鎭的人都恨李萬，他的吝嗇和奢侈叫人坐立不安。他沒兒沒女，活該。

文革轟轟烈烈地發動起來了。鎭上的兩大群衆組織，毛澤東主義戰鬥隊和毛澤東思想兵團倒都想拉李萬入夥。不是因爲他有錢，而因爲他曾是一個革命軍官。何況，他是個醫生，對一個群衆組織有用，特別是它老要用棍子、刀劍、槍、手榴彈和地雷跟它的敵人作戰。可李萬卻不肯參加任何一方群衆組織。他的架子把那些熱情洋溢的群衆惹惱了。就像毛主席他老人家說的，「不是人民的朋友，就是人民的敵人。」

很自然，毛澤東思想兵團裡的一些人感到有懲罰李萬的必要了。這還眞不太容易，因爲李萬出生貧農家庭，是個黨員，幾乎從裡紅到外。沒關係，他們照樣能監視他。派去個叫董飛的年輕人，準備一份檔案，專門去收集他的言行。想想看，當全鎮的人都投身於轟轟烈烈的革命之際，他們何以能容忍這麼個人騎著摩托，背著錚亮的雙筒獵槍，每個周末到山裡去打野雞呢？

一天下午，董飛來到兵團司令部，興奮地告訴副團長焦祿明和在場的其他幾個人，「這次我們搞著李萬了。」

他把一個紙包放在桌上，打開。一個碎了的毛主席像章出現在他們面前。他們驚訝地看到他老人家的脖子從笑瞇瞇的臉那兒折斷了。「你從哪兒得到的？」焦祿明吃驚地問。

「李萬把它扔到靠近勝利飯店的垃圾堆裡，是我親跟看見的，」董飛得意地說。

這可是個惡毒的罪行啊。他們決定當天晚上就批鬥李萬。

李萬這天在衛生院治療一個受了傷的採石工，下班很晚。六個人在他家門口等著他。他在街拐角一出現，這幾個人就走上前去，對他說，「我們在這兒等著你去開個會。」

「開什麼會？」李萬舔了舔他的上唇。

「開你的批鬥會。」

「我的？我難道不是個革命派嗎？」

「你當然不是啦，別再僞裝下去了，我們全知道你砸碎了毛主席像章。」

「沒，我可沒有！那是瓷做的，不小心掉在水泥地上的。」

爭辯是沒用的。他們抓住他，把他帶到車馬旅店去了，那兒是毛澤東思想兵團總部所在地。身正不怕影斜，李萬想。他在部隊幹過，還認識幾個省裡的領導，他怎麼會怕這些蝦兵蟹將？他平靜地跟著他們走，在路上還抽了支自己捲的菸。

他們把他帶進飯廳，那裡有百十來個人正等著呢。在鋪天蓋地的口號聲中，李萬被帶到前面，並被掛上一塊牌子，上面寫著濃墨大字：「現行反革命」。

團長林守宣布說，「同志們，我們今天在垃圾堆裡發現了這個。」他舉起破碎的像章，「罪該萬死的李萬幹下了這樁罪行，他肯定一貫仇視我們的偉大領袖。」

「打倒反革命分子李萬。」一個中年婦女在人群中振臂高呼，人們舉起拳頭跟著高喊。他們認爲李萬與他們的區別不僅在於富裕，還在於他的世界觀。這更加讓他們覺得他惡毒。

可李萬不是那等輕易能被嚇住的角色。他對他們輕蔑地笑著，大聲說，「你們叫我現行反革命？眞是笑話。我在朝鮮跟美國鬼子打仗時，你們在哪兒？你們給黨和國家貢獻了什麼？告訴你們，我立過兩次功，我這雙手救過上百條革命同志的命，他們到現在還是我的朋友。」他往前伸出一雙小蒲扇似的手。

「不要吃老本，要立新功。」有人喊道，引用著毛主席語錄。

「嘗嘗這個。」焦祿明一巴掌甩到李萬臉上，從牙縫裡說，「再叫你吹牛，我砸碎你的腦袋，該操的，你個新地主。」

「打倒新地主李萬，」一個人喊，人人都跟著高呼。

李萬被這個巴掌和這個從沒聽說過的新稱呼鎮住了，他那單眼皮的眼睛垂了下來。然而他還在努力分辯著說，「我不是犯罪分子，我上班時戴著這個像章，我在洗手時它自己掉到水泥地上去的。」

「有誰看見了？」林守問。

「沒人看見，但我用黨員的名義保證，我說的每個字都是實話。」

「不是，他在撒謊，」幾個人說，李萬平靜的聲音激怒了他們。在這種場合裡，換個人早就跪地求饒了。而李萬從沒到過批鬥大會，對這種架勢還沒有數。

跟著，來了四個人，手裡拿著長棍子和繩子，他們走上前來分兩邊站好。「你對自己的罪行招是不招？」焦祿明問。

李萬雖然開始害怕了，卻還說，「我沒什麼好招的，我熱愛毛主席，願意爲他老人家獻身，我怎麼會恨他？他救了我們一家人。我父母和祖父母都是給地主當長工的。他是我們的大救星！我怎麼會恨他老人家？」

「別僞裝了。」林團長說，「事實勝於雄辯。你倒說說你怎麼熱愛毛主席的，你這狗日的。」

「對啊，說。」

「現在就說。」

屋子裡立刻靜下來，所有的眼睛都盯著李萬的胖臉，好像他們在等著他唱一首熱情洋溢的歌，或是跳一個忠字舞，或者是做任何什麼可以表示忠心的事。外面，一匹馬在嘶鳴，在地上敲著牠的蹄子。

李萬直了直腰，微笑了，清清嗓子，然後開腔道：「好，我來告訴你們一件事。四年前我寄了些糧票，一共有五十斤，給毛主席。那時你們都在挨餓，是吧？我也是。跟你們不同的是，每一頓我都少吃幾口，省下糧票給毛主席。因爲我熱愛他老人家，不想讓他跟我們一樣挨餓。這是千眞萬確的事，你們可以到我原來的部隊去查，有一字謊話，砍我的頭。」

人群騷動起來，很多人禁不住笑了，說這個李萬眞是個傻瓜，他怎麼想得出毛主席會用得著他的糧票，可沒有人再說他不熱愛毛主席了。團領導們被這件出奇的事給弄懵了，他們也忍不住笑起來。

「安靜，安靜了，」林團長把手圍在嘴上喊。

叫大家吃驚的是，中學的年輕教師胡夢天這時走到前面來。一看到這個戴著眼鏡的小個子，李萬發抖了，因爲他記得這人曾向他借過德國相機，但被他拒絕了。胡夢天轉身對著觀眾說，「別上他的當，這其實是一個反革命行爲。」他轉向李萬，「你以爲你很聰明，沒人能識破你，是吧？這再清楚不過了，你送糧票其實是污蔑毛主席。你的意思是要對他說，『瞧，因爲你的領導，我們都在挨餓。』」

「不，」李萬叫道，「我挨餓是因爲我熱愛毛主席！」

「瞧，他用的是什麼字眼兒那？」胡夢天對群眾說，「他這是在責備毛主席。他挨餓是因爲他熱愛毛主席。那麼如果他不熱愛，他也就不會挨餓了。」

人們一時沉默下來，臉上閃現出困惑和急切的表情。「混賬，王八蛋！」李萬咒罵著這個年輕人。

「不許噴糞，」董飛叫道。

「我能證明我的話，」胡夢天又說，「他在四年前寄了糧票，然後第二年他就上這兒來了。他以爲北京的領導們識不破他的計倆？他們看透了他。這也就是爲什麼一個大尉級的軍醫會轉業到我們這個小衛生院來。」

李萬一臉茫然，開始顫抖。他活像在頭上被榔頭敲了一下，暈頭轉向，不知所措，眼淚順著他的臉頰淌了下來。

「同志們，……」胡夢天說得更自信了，「我建議我們派一個人到他的部隊去查明眞相。」

「哦，我們當時是聽了傳達說毛主席跟我們是同樣的定量啊！噢，噢，」李萬呻吟著哭了出來，委屈得什麼都說不清了。人們於是相信，他的確是一頭披著人皮的狼，口號聲，咒罵聲此起彼伏，拿著棍子的人撲到他身上。

「噢，救命，哎喲！我是反革命分子，行了吧，別打我！」

「揍他！」

「活剝了他！」

這天晚上李萬被關押在旅店後面的馬廄裡。一群人衝到他家沒收了所有値錢的東西和存摺。從第二天起，他的摩托車和照相機成了公共財產，這個組織裡的任何人都可以用（這一來有幾十個人學會了開摩托車）；那支獵槍被交到毛澤東思想兵團的武裝排手裡保管。自然，他們中間很多人喜歡帶上它到山裡去打野雞和兔子。

一個月後李萬被送到海巢村去改造。走運的是，他不必下田勞動。他在那裡當了五年赤腳醫生，但不發工資。與此同時，他給省委和瀋陽軍區寫了有上百封信，要求平反。

到第六年的年頭上，他的問題總算被澄清了。只能算他有些神經質，夠不上個反革命。他從鄉下被召了回來，所有沒收的東西都還給了他。可那輛摩托車已經用壞，發動不起來了，照相機的鏡頭丟了，雙筒獵槍其中的一根槍管炸毀了。可他比過去更闊了，因爲他的銀行存摺還給了他；此外，他下放到鄉下停發的五年工資全發給了他。轉眼，他的儲蓄成倍地翻了上去。他到人民銀行去存錢的那一天，收銀員就把這消息傳遍了全鎮。一星期之內，李萬的綽號變了「一萬」，對此他似乎洋洋得意。老天可眞不公平啊！李萬又成了最闊人。光是銀行的月息就比一個工人的工資還多。這是剝削，不是嗎？人人都爲此納悶。

李萬簡直把全鎮都不放在眼裡，不跟任何人來往。他買了輛新摩托和新照相機——不過是上海產的相機。他不再打獵，改成了釣魚。他因此給自己買了兩根鋼製的魚桿和一個很大的尼龍網。眼下，他想著還要買一條橡皮艇呢。他還是不肯把相機借給任何人；他還是不肯用摩托車捎帶任何人；他還是在市場上跟攤販和沿街的小販殺價。人們又在開始談論他的小氣和傲氣。暗中，有人已經在期待著另一場政治運動了。

1 驕傲。

新來的孩子

這些年來，賈成總想著要棄了自己的妻子，建立一個新的家庭。十八年前他從金縣的妓院贖她出來時沒想到她不能生育，儘管她曾經跟他提起在做妓女時多次打胎和流產，所以對自己生育能力有些懷疑。她是個高個子的俊女人，有雪白光滑的皮膚，烏油油的頭髮，長長的眼睛，再配上彎彎的眉毛，使得她鵝蛋形的臉顯得很優雅。

開始，賈成很幸福，因爲他妻子很懂男人，會用很多辦法讓他快活。她做這些是出於感激，因爲他把她贖出來，給了她一個家，讓她不再幹皮肉生意，不會染上梅毒，不用進政府專爲幫助舊社會妓女建立的學校去接受教育改造。然而，她從十四歲起已經先後在三家妓院裡待了有十多年，早忘記了自己原來的名字，也許她從來就沒有過自己的名字。妓女從來只有藝名，比如像春荷，金牡丹，水仙，小白鴿。通常，如果這女子換了地方，名字就得另起。賈成把他的妻子贖出來那天，她簽下的名字是：寧封文——那是她待過的三家妓院老闆娘的姓，打那以後，這就成了她的名字。

十八年過去了。賈成現在已經是奔六十的人了，他還在歇馬亭唯一的一家照相館裡工作。年復一年，他盼著有孩子，有個兒子，但是寧封文就是懷不了孕，賈成常常爲當時贖這個妻子花去的那兩百塊銀元後悔。如果他知道她不孕，肯定就會選另一個女人了。你活該，他想。年輕時光想到要一個在床上有功夫的女人，就用不著每星期再到那種地方去花錢買笑了，這才把她帶回家的。現在才來想傳宗接代已經太晚啦，你已經成了一條無用的老狗，你活該。

「你拿了我的甜瓜嗎？」一個星期六下午他問妻子。

「沒有，誰要去碰你那些爛瓜呀？」她知道，他把它們藏到一邊是爲了明天早上帶到金縣去給他的相好。

「怎麼就少了兩個呢？」他不露聲色地說。

「你放哪兒了？」

「後院裡。」

「可能是狗偷了去。」她頭也不回地答。她正忙著做玉米粥，在一只大缽裡用一把鋁勺打著糊糊。

賈成一聲不響把六個剩下的瓜放到一只白布袋裡，提進那間用來沖洗照片的小暗屋。

寧封文從來不問他星期天去哪兒，她其實知道，但盡量不讓自己爲這事煩心。她遭遇過這麼多的男人，他們都是一回事，不追女人就受不了，就像貓要吃腥一樣。她一直提醒自己不該去管賈成，他是她的恩人。再說，在他們結婚前她向他保證過，假如他跟別的女人好，她不干涉，而且她永遠是他的僕人。由於新社會不允許多妻，因此即使寧封文不育，他也不能再討一個老婆，只是在暗地裡跟另一個女人有來往。寧封文不知道那個女人叫什麼。表面上寧封文很鎮靜，但實際上她很不安。假如他跟那女人有了孩子呢？她想，他會離開我嗎？

然後我怎麼活呢？有時她會在夜裡醒來，聽著這個躺在她身邊男人的鼾聲，她想哭，可眼淚在很多年前就流乾了。她想自己要是從沒出生就好了，

這天晚飯後，住在永生路上的張姨來賈家串門。她坐在炕沿上，搖著蒲扇說，「封文，想不想掙錢哪？」

「怎麼掙？」寧封文問，給張姨倒了杯白開水。

「部隊裡有一對年輕夫妻想找個人家照看他們的小男孩，十六塊錢一個月。其餘的開支他們另出。」張姨把乾瘦的手壓在寧封文白白的手腕上，彷彿是向她證明這是一樁不壞的買賣。

「嗯……」寧封文遲疑了一下，她從沒幹過這種活兒，但一轉念她覺得不妨試試。她想，我不能老靠著丈夫，假如他不要我了，我就得自己養活自己了。

「要是你想幹？現在就告訴我，」張姨說，「那兩口子挺急，因爲那軍官這兩天馬上就要去大葫蘆島，孩子媽在城裡上班，管不上孩子。我敢肯定有不少人會搶著要做的。」

「行，你等著，我去問問老賈。」寧封文起身走進暗屋，賈成在那兒正在往照片上題字。不多會兒，她回來告訴張姨，她願做。然後就安排讓這對夫妻明天帶他們兩歲的男孩過來。

「你叫什麼名字？」寧封文問小男孩。

「告訴大娘你的名字。」他媽媽在一邊說。她是個嬌小的女人，是大連歌劇團的歌唱演員。

「小雷，」男孩嘟囔著說。

「這名字好啊。你喜歡這個嗎，小雷？」寧封文問，朝他傾過身去，給他看一個帶著四個輪子和拉線的木頭鴨子。「嗯。」他說著就拿過玩具把它放到地上，拖著它在屋裡走，木鴨子開始嘎嘎響起來，兩隻翅膀也撲擴搧著。

他拖得太猛了，鴨子翻了過來，四隻輪子在空中打轉，寧封文馬上蹲下去把鴨子正過來，「這就行了，小雷。」她說著摸了摸他紅撲撲的小臉，鴨子又接著叫了。在一邊正和男孩的父親——那個高高的軍官——說著話的賈成不時地回過頭來看這孩子和那鴨子。見這小傢伙一點不認生，他挺高興。「他是個結實的孩子。」他對那個領章上有一條槓四顆星的年輕人說。「你們有這麼個孩子真是福氣。」

「他有時候可淘氣了，別慣他。」軍官笑著說，接著又叫兒子，「上這兒來，小雷，見見你大伯。」

男孩把鴨子拖過來，站在兩個男人面前。「叫賈大伯，」他爸爸告訴他。

「大伯，」他嘟嘟囔囔地叫了，轉身拖著嘎嘎叫的鴨子又走了。

賈成滿心喜歡，從布口袋裡拿出一個瓜，他剛才把這布口袋放在椅子上，準備帶著它去趕十點的火車。他把孩子叫回來，「小雷，你想要這個嗎？」

孩子烏黑的眼睛盯著甜瓜，又看了看賈成，他大概是沒見過這東西，搞不明白這是玩的還是吃的。

「現在別給他吃這個，」寧封文說，「我已經給他做好雞蛋糕了，先放在一邊，讓他吃完飯再吃。」

賈成把瓜放在桌上。出於好客，他又從袋子裡給孩子的父母拿出另外兩個瓜。「請嘗嘗這瓜，可甜呢。」他對他們說，嘻嘻笑著的嘴裡露出一顆金牙。他顯得那麼高興，那張長長粗糙的老臉都透出點紅色來，笑得簡直合不攏嘴。他妻子覺得他顯得有點傻。

那對夫妻謝了他，寧封文就把兩個瓜放在盆裡洗了洗。賈成因爲要趕火車，不能多待，便對客人說他還有事要做，就提了半空的袋子，往火車站去了。

「小雷，你想留在這兒，還是跟我們回家？」小雷媽逗著問孩子，對軍官眨了眨她的大眼睛。

小雷看著她，喃喃地說：「在這兒。」

「好，」他爸爸笑著說，「你是個勇敢的孩子，我和媽媽很快就來看你。」

「要聽伯伯和大娘的話，啊？」他媽媽說。

「唔……嗯。」小雷點點頭。

「他眞像個大孩子。」寧封文稱讚道。

「我們還擔心他不肯留下來呢，」小雷媽對寧封文說。「他喜歡這兒，眞讓我高興。」她把一頭燙髮朝孩子那裡側了側。

小雷的父母吃了瓜，就走了。寧封文開始餵小雷蛋糕和稀飯。他胃口很好，嚼的時候，小嘴翕動著，很享受的樣子。寧封文注意到他已經長了八顆牙。

金縣離歇馬亭三十公里，每天有四趟客車到那裡。賈成在晚飯前回到家，但他看上去沒精打采。他把自己關在暗屋裡，吸著粗煙袋。通過開著的窗簾之間，他看得見小雷在後院裡攆雞，妻子在做飯，玉米桿在鍋底嗶剝作響。

女人都貪，他回想跟相好會面時的情形。她拉長臉：「三個瓜！你怎麼好意思。」解釋也白搭，她根本不要聽。告訴她一開始買了八個——她就是不信。「你可眞夠小氣的，我從沒見過像你這樣的男人。」那麼她見過多少男人呢？一百？圖他們的吃，圖他們的穿，圖他們的錢？我這又不是逛窯子，沒打算付錢。還好我今天皮夾子裡沒帶錢，不然我得拿出一張大票子來哄住她。還沒見她這麼生氣過。貪，真貪哪。女人都一個樣。她等著我給她帶好東西去。這下她可顯出原形來了。她煩我了？想登了我？老啦，我老啦！討不了女人的歡心了。

可得記著下星期去給她多帶些東西，補上這次三個甜瓜的不足。可買什麼呢？一盒雪花膏？不行？上個月我給過她了。一雙尼龍襪？她喜歡什麼顏色呢？誰知道。桃酥怎麼樣？沒數。多煩人。真荒唐啊，像是和一個小姑娘玩過家家似的。你真沒法跟一個女人講理，她早過四十了，還結過四次婚……。

門簾掀開了。「出來，吃飯，」妻子叫他。

賈成敲了敲煙袋鍋，走到飯桌跟前。小雷已經在炕上了，正在搆他面前那張矮炕桌上放著的冒著熱氣的白饅頭。寧封文挪過去餵他米飯和燉老鼠魚。她塞給他一個瓶塞，讓他邊吃邊玩著。

孩子看見給賈成就酒炸的花生米，就用彎曲著的手指指著花生米哼著，「要。」

「要這個？」賈成舉起盤子問。

「別給他這個，」妻子說。「太小，嚼不了。」

「我要，」小雷又哼起來。

「行，先吃了這一勺。」寧封文把一勺飯餵進他嘴裡，夾起兩顆花生米嚼著。

嚼了嚼，她從嘴裡吐出一小攤花生泥，送到孩子伸長了等著的舌頭上。他嚥下這花生泥，抬眼看著寧封文，指著花生又哼著，「我要。」他對正喝著白酒的賈成一笑。

「你大伯家好吧？」賈成問。

「好。」小雷笑瞇瞇地點點他圓圓的小腦袋。

寧封文一邊餵他，一邊又嚼了些花生泥給他。賈成很樂意看見妻子張羅著餵小雷。他啜了口酒，對寧封文說，「我喜歡這小子，他在這兒跟在家似的。」他看著小雷又說，「這麼張胖嘟嘟的臉，你準是到哪兒都有吃的。小雷，你是有張小厚臉吧？」

「是，」孩子大聲說著，拿臉蛋推了推那把勺。

「別跟他說話，」寧封文說，「沒見我正餵他？」

小雷的眼睛落到磁酒杯上，當寧封文轉身去盛飯時，他抬起手指，指著杯子哼道，「我要。」

「嘿，他要酒，」賈成叫起來。

「別給他，這麼小咋能碰這個。」

孩子能懂她的話，臉就變了，嘴唇向兩邊撇開，像馬上要哭出來的樣子。

「行啊，行啊，大伯讓你沾，她壞。」賈成哄著他，移過杯子，拿一根筷子在酒裡蘸了蘸，在孩子的舌尖上滴了一滴。

「好吧？」賈成問。

「嗯。」孩子砸著嘴唇，又伸出舌頭。

「天哪，天哪，一個酒鬼啊，再來點兒？」他又給了孩子一滴。

「別給他多了，他會醉的。」

賈成轉過身去，不料孩子卻哭起來，踢著腿，叫著。他肥肥的小腿上顯出了好幾道肉褶，眼淚從他胖胖的兩腮上滾落下來。賈成便回過身去又給了他幾滴。

吃好了飯，小雷撒了歡，臉像個紅蘋果，快活得發亮。他大聲笑著，在炕上用枕頭玩藏貓貓。賈成和他的妻子擔心他太興奮，會得病。他們想讓他睡下，但他只是要玩，甚至爬到賈成的背上玩騎馬。直到十點他才肯在賈成和寧封文之間躺了下來。他睡得那麼熟，夜裡尿了炕，寧封文抱了他去撒尿他連哼都沒哼。

第二天晚飯時，小雷又想要喝賈成杯子裡的酒。白酒對他烈性太大，賈成就給他往一個像煙袋鍋那麼小的鍾子裡倒了點蘋果酒。小雷更喜歡果子酒，因爲味道甜。每天他都喝這麼一杯，很快成了賈成的酒友。賈成就笑著說，「小雷，你有福氣啊，大伯有錢，能給你買果子酒喝。」

「嗯，」孩子就回答。

星期天到了，賈成決定不了去不去見他的相好。白天他忙著在照相館拍照，印相片，晚上他花很多時間和小雷玩，他忘記了考慮給那個女的買什麼禮物。他感到茫然，拿不準自己該不該這麼快就去看她？早飯後，他決定不去了，帶孩子到集上去，他把小雷背在背上有節奏地搖晃著，拐上大街往農貿市場走去。在靠近部隊衛生所門前他遇見鎮子上屠宰場的頭兒孟龍。孟龍正坐在石頭上曬太陽，站起來問，「老賈，這是誰啊？侄兒還是別的親戚？」

「一個小朋友，」賈成有些不自然地笑笑。「他爸爸要上大葫蘆島去，就把他留給我們了。」

「小傢伙，你多大了？」

「兩歲。」

「他看上去可比兩歲大。」孟龍拍拍小雷的背。

「對，他是個好孩子，我們正要去趕集，老孟。」賈成回頭對小雷說，「跟孟叔叔說再見。」

「再見。」孩子白白的小拳頭左右搖晃著，像只胖胖的蘑菇。

在這樣晴朗的夏日，集市上總是聚滿了人。附近村裡的農民都急著把田裡出產的東西拿來出售，賣了錢他們可以在這裡再買油鹽醬醋回去。還有好些手藝人也聚到這裡：鞋匠，鐵匠，裁縫，鎖匠，補鍋匠，磨剪刀的。賈成不需要買東西，他只是走走，問問價，把這些價格和前幾年比較一下。

「雞蛋多少錢一個？」

「七分一個，買點吧，大叔。」

「不，不買。」他接著走。

「這螃蟹怎麼賣？」他經過魚攤時問。

「十個一塊。買上一兩打吧，賈叔，它們新鮮著呢，今天早上才抓到的。」年輕的攤販說。

「這已經死了。」

四鄉里的人都認識賈成，因爲他是這個公社裡最有經驗的攝影師。人們要拍全家照，都去他的照相館。

賈成注意到好幾個他從沒見過的年輕的女人挎著籃子，裡面放滿了蔬菜，水果，雞蛋，肉。她們肯定是那幾個最近剛調來的衛戍部隊的軍官家屬，她們多數都長得不錯，穿得也好。也不怎麼跟人砍價。一個苗條的年輕女人拎著裝著西紅柿的籃子走過，在身後留下一陣香水味，聞起來像新鮮的杏子。賈成琢磨著他是否該找上一兩個這樣的年輕家屬給她拍一些放櫥窗裡的大照片。「蛋，蛋，」小雷小聲唱了起來。賈成轉過身，沒看見雞蛋，就順著小雷的手指看去，見地上有一堆土豆，不禁笑了起來。

那個年輕的攤販舉起個土豆問，「小弟弟，你說這是個蛋？」

「蛋，蛋，」小雷哼著，像對自己說。

旁邊的大人全笑了。賈成解釋說，「他從沒見過這個。」

「這是個啥？」一個中年人問，拿了個大西紅柿給小雷看。

「蛋，紅蛋。」

人們又哄笑起來，圍觀的人多起來。

「老天，每一樣圓的東西都是蛋，」一個年輕女人大聲說，又從麻袋裡掏出個小南瓜。「小孩，你叫這個什麼呢？」

「蛋，大蛋。」

哄笑聲讓小雷摸不著頭腦，他看看賈成就不再吭聲了。「不許拿他開心，」賈成對那些大人叫道，「他又不是個猴，有什麼好笑的？你剛打娘肚子裡出來時，就能把什麼都叫對了？」

他忙帶了小雷離開，走到路邊的一堵牆那兒，把他放到地上。「小雷，那些全都不是蛋，」他說。「它們是土豆，西紅柿，那個大的是南瓜。」

孩子盯著賈成，眼淚汪汪的，撅起了嘴唇，閉上眼睛，吸著鼻子，快哭了出來。「算了，算了，」賈成說著抱起他來，「怪大伯不好，沒有先告訴你那是什麼。別哭，小雷是個好孩子，我給你買個冰棍兒吧。」

「來一支。」

小雷也見到一個老奶奶推著一輛車過來了，賈成的話讓他安靜下來。賈成給了那女的五分錢，

「牛奶的，還是小豆的？」

「牛奶的。」

小雷開始吃冰棍。賈成看著他有些笨拙地把冰棍往嘴裡送，沒去幫他，怕小雷又會不高興，隨他吧。「好吃嗎？」他問。

「嗯。」小雷吐出舌頭舔舔嘴唇。

賈成抱著孩子，穿過人群，朝集市出口走去，小豬崽在尖叫，公雞啼著，肉攤上，屠夫叮咚地在案子上剁著肉。一群孩子圍著看一個又聾又啞的老婦人，她正用手指頭在和賣蛋的攤販討價還價。在一個賣豆腐腦的攤子旁，幾個老人坐在板凳上喝著茶，下著棋。在榆樹和刺槐的樹蔭底下，幾個孩子在看從書攤上租來的小人書。天開始熱了起來，賈成已經出汗了。

「新鮮海蜇，一毛一碗，」一個老婦人在叫賣。

「小雷，我們來點海蜇好不好？」賈成說。

孩子點點頭。他們走過去在攤子跟前坐下。賈成買了一大一小兩碗切成條的海蜇，裡面加上了香菜，韭菜和麻油。他開始吃起來，小雷卻不吃，只是拿一雙筷子在碗裡攪著。賈成從自己碗裡挾了一條海蜇，塞到小雷嘴裡，他馬上吐了出來。

「不喜歡？」賈成問他。

「不，」小雷用筷子敲著桌子。

「孩子們開始都不愛吃海蜇，」老婦人說，「慢慢地他們就習慣吃這東西了。」

「哈，你倆個在這兒。」寧封文從後面走上來，拎了只裝著茄子和豆角的籃子。「我到處找也沒找著你們。怎麼待這麼久？他沒事兒吧？」她指指小雷問。

「他好著呢。」賈成說著露齒一笑。「他喜歡跟了我逛。」

「咱們回去吧，天太熱了。」寧封文說著抱起孩子，在他沾著牛奶的嘴唇上親了親。「叫我背吧。」賈成站起來。妻子把孩子放在他背上，她裹著小腳，拎著放滿蔬菜的籃子就夠重了。他們一起往回走。在回家的路上，他們不停地跟孩子說著話，問他問題，教他怎麼認東西。寧封文記得她和丈夫去差不多有九到十年沒有一起在街上走了。他跟我一起走總覺得害躁，她想。這會兒他看上去多開心，還顯得年輕了。這孩子是個小妖精，抓住了他那顆老了的心。假如我能給他生個孩子就好了，他喜歡家裡子孫滿堂的。晚啦，他應該跟別的女人結婚才對。

小雷媽兩個星期來一次，接小雷回他們部隊的大院裡住一天，可他的爸爸就不能這麼經常地從島上回來了。奇怪的是，他們兒子並不十分想他們，每次要送他回賈家他都挺快活。他媽媽見他每次分手時並不哭也高興。

小雷發燒有兩天了。賈成帶他去看了澡堂街上的劉醫生，買回了兩包中藥。那醫生說這孩子身上火氣太大——陽太盛，因此那中藥是清火補陰的。寧封文煎好了中藥，但孩子不愛喝這苦汁水。他們在藥裡加了很多白糖，又說了很多好話哄著他喝了下去。但他還繼續發著燒，並且開始咳嗽。

「關上蚊帳。」賈成在妻子把睡著了的孩子放上炕時對她說。在小雷的耳朵後面，他們發現一個小紅疙瘩，像是蚊子咬的。

「沒見我正做著嗎？」她拿一個枕頭壓在蚊帳的開口處。然後彎下身來在孩子的臉蛋上親了一下。「小妖精，你明天就好起來吧，」她說。

賈成熄了燈，天氣很是悶熱，他脫了汗衫，又脫掉了褲衩，躺下，閉上眼睛。小雷塞住了的鼻子在黑暗中輕輕地呼哧著。賈成很快睡著了。

大概一點鐘的樣子，寧封文的聲音把他叫醒了，「老頭子，開開燈，小雷燙得厲害。」

賈成拉亮了燈，坐起來看孩子。他大吃一驚，孩子臉上布滿了紅點子。「老天爺，他長了些什麼呀！」

寧封文下了炕，去桌子那邊的抽屜裡找出一只老式的溫度計，拿了過來。她甩了甩，把它插到孩子的腋下。「小雷，告訴我哪兒不好受，」她哀求道，眼淚湧上來。

孩子哼著沒有說話，他的嘴唇很乾，皮都裂開了，下巴微微蠕動著好像在嚼著什麼。「給他拿水來，」寧封文對丈夫說。

賈成到廚房去拿來一碗水，一個勺和一塊濕毛巾。「這兒，給你。」他說，然後挨著孩子身邊坐下來。「小雷，睜開眼，看得見你大伯嗎？」他問。

孩子沒反應。寧封文把溫度計取出來放到燈下一看。「天哪！這都到頂啦！」

賈成一把抓過溫度計，見那根水銀柱過了四十一度。他跳起來套上他的汗衫，對妻子說，「你看著他，我去衛生院請醫生去。」他轉身衝進了夜色裡。

他朝公社衛生院跑去，衛生院倒是不遠，就在平安街的拐角上。一家院子裡的狗被賈成的腳步聲驚了起來，對著他吠叫。他對牠看都不看，一邊跑著一邊不斷地對自己喃喃說，「得救活他，得救活他。」他腳下白石子路面在月光裡像一條白雲。他是什麼也感覺不到了，飛也似的往街角奔去。五分鐘後，他到了衛生院，開始拍著擋在門和窗上的木板，叫道：「大夫，醒醒，救救命啊！」

他敲著叫了一會兒，卻聽不到裡面有任何回音。他不曉得裡面是否有人在值班，然後他突然想到部隊衛生所。他轉過身朝大街奔過去。

部隊衛生所裡的燈亮著，賈成直接走到紗窗那兒，看見裡面有一個醫生和兩個護士在電爐上正煮著一鍋東西在消毒。他敲了敲窗扇，其中一個女的吃驚地抬起頭來。「深更半夜的你幹嘛？」她問。屋裡的人都看著這老頭，他臉色蒼白，驚魂不定。

「幫幫忙，大夫，」賈成呻吟道，「我家孩子快死了。」

「你怎麼不去公社衛生院？」另一個護士問。

「那兒沒人。孩子不是我自己的，他爸是你們部隊上的一個軍官。我們替他照看孩子。快來救他一命吧！」賈成噎住了，他深陷的眼窩裡都是淚。他擦了把灰色眉毛上的汗。

「行，我們就來。」醫生轉向一個護士說，「你待這兒，梁芬和我跟他去。」

他們穿上白大褂，拿起藥箱和兩支手電，就往外走。賈成衝到門口去迎他們。他們的身影剛出現在門口，賈成就撲上去，兩手拉住大夫的胳膊，「謝謝你啦，年輕人，你可救了我的老命了。你是個好人，我和我家裡的……」

他頓住了，因爲梁護士轉過身，竊笑起來。

「瞧你，」醫生說，大笑起來，「你下面什麼都沒穿哪，老頭。」

賈成往下一看，才發現自己沒穿褲衩。「我……我……嚇壞了，對不起，對不起。」他嘟囔著，用手去擋自己。

那護士脫下白大褂遞給他。「把這圍上吧，大叔，」她說。

「謝謝，謝謝。」他立刻把自己圍了起來。

他們走到街上，往東邊疾行。賈成邊走邊跑，醫生和護士大步跟在他後面。空氣濕而多霧，賈成像個白色的幽靈飄動在沉睡的小鎮街道上。

小雷是出痲疹。聽到這個診斷，賈成和寧封文都鬆了口氣。他們還以爲這是天花呢。梁護士給小雷打了一針青黴素，那個醫生——姓崔——告訴他們別爲這些疹子擔心，它們在孩子身上還會繼續出來，但過幾天就會平復，燒也會一天天退下來。他們將派個護士來每天給他打四次針，這期間得讓孩子好好休息，多喝水，吃流質的食物。

當崔醫生和梁護士離開時，賈成把那件白大褂遞過去，難爲情地笑著說，「多謝，我實在是嚇壞了。」他搔了搔稀疏的頭髮。

「下次記著穿上褲子啊。」年輕的醫生說著笑起來。護士接過大褂，偷笑著。

他們離開後，賈成和寧封文沒有再睡覺。整個拂曉他們就坐著談孩子，看著他布滿紅點的、膨脹而有些下垂的臉蛋，不時地用濕毛巾去擦拭他。他們互相微笑著，回憶著小雷是怎樣把牆上貼的嫦娥叫作他的媳婦，當他們問他長大後會不會給他們錢，他就點頭答應，保證說要給他媽媽一百塊，爸爸一百塊，寧封文一百塊，賈成一百塊，他的嫦娥新娘子一百，他自己一百；他睡覺前總要把小人書放在枕頭下；他把尿撒在地上，當寧封文用墩布擦掉時，他拚命大哭，認爲自己做成的一條小河沒有了；他怎樣踩著了明家孩子的腳，又給他糖，在他快哭的時候哄住他……

窗外雞開始打鳴了，此起彼伏，天開始發亮。這一夜眞短，他們能這麼一直說下去，說下去，說很多個小時。

三天後小雷的媽媽來看孩子時，他已經基本上恢復了，只除了皮膚還留著褐色的痂。她謝了賈家對他的精心照料，就把他帶回家過星期天了。雖然老賈和他妻子知道當天晚上他就會回來的，可他們像丟了魂，不知道怎麼安頓自己。賈成不怎麼開口，坐在後院裡，叼著煙袋出神。

前一天他收到相好的一封短信，讓他這個星期天上她那兒去。她說：「這個星期天你要不來，就再別來見我了。」賈成沒多想就給她回了信，結尾說：「現在星期天我很忙，對不起，我來不了。我實在沒時間，太累了。」

張姨來串門，和寧封文聊天，當她聽了賈成在夜裡到部隊衛生所的驚險過程，笑了起來。「我有個主意，」她對老賈夫妻說，「你們這麼喜歡這孩子，怎麼不收他做個乾兒子呢？這就能讓他跟你們一輩子都連著了，至少在名義上。我覺得他父母會同意的。我去跟他們說。這樣他們把兒子放在你們這裡會更放心。」

賈成笑著看看妻子，對啊，怎麼不行？

但寧封文微微皺了皺眉，說，「我想過這個，張姨。但我們不能把小雷當乾兒子。你知道，我是個命不好的女人。假如我命中無後，我就不該有。小雷是個好樣的，有大出息的孩子，我不能用我的命去衝他的前程。不行，他對我們來說太金貴了。」

張姨吃驚地看著寧封文。

賈成站起來一聲不吭地走到一邊。他很難過，但他覺得寧封文是對的。這孩子對他們來說是太金貴了。知道小雷在今天下午還要回來，在這兒等著他走進門，就已經夠好了。能在每個星期天像這樣等著他回來就已經是他們的福氣。他知道，過不了幾年，小雷就要離開他們去大地方上學，然後會走向更大的世界。也許哪一天這孩子會回到這小鎮上來看看他們，像一個朋友。

皇帝

這天下午我們在大街上玩騎馬，這條大街是我們歇馬亭男孩的非戰區。我們十四個人分兩撥兒，七個人騎在另外七個人的背上，直到騎的人中有誰的腳碰著了地，兩組人才互換角色。雖然時時有些微風，可天還是挺熱的。

「瞧呀，」我們的皇帝本立說著指指一輛正往這面過來的馬車。馬蹄在白石子路上得得地響著，韁繩上的鈴鐺斷斷續續地叮噹響，車上裝著高高堆起來的蜂箱。

「咱們揍他，」光腚說。他指的是那個車把式，那人看上去醉醺醺的，嘴裡哼著山歌。

本立下令：「準備。」

我們分頭去收集石子和土塊，然後藏到路邊的溝裡。離我們大約五十步遠的地方，站著五個掏糞的農民，正在刺槐的樹蔭下歇著，十只裝滿了屎尿的糞桶散發著臭氣。他們滿有興趣地望著我們準備襲擊敵人的車輛。

「孫子，把那塊磚頭給我，」兔嘴兒說。

「不，」孫子膽怯地說，把一塊碎磚頭藏到身後。

「活膩了，嗯？敢不聽你爺爺的？」兔嘴兒在他臉上扇了一巴掌，把磚頭從他那裡奪了過去。

孫子一聲沒吭。他還有另一個綽號：大寶寶，因爲他看上去像個女孩，彎彎的眉，圓圓的眼，一張軟乎乎的臉和一雙胖胖的手，指節處還帶著肉渦。他膽小，跟誰都不敢打架，可我們隨便哪一個人想打就打他。這就是爲什麼他成了我們的孫子。

馬車駛近了，趕車人的歌聲都能清楚地聽到：

四方的桌子我要四張，
長凳兒我要上十二條，
肉啊魚啊一道道地上，
弟兄們哪，別客氣……

「開火！」本立喝道。

我們開始朝馬和車把式扔石子，磚頭，木頭手榴彈，土塊。那人一驚，坐直了，把他那張小小的瓜子臉轉向我們，他立刻甩起長鞭催馬兒們快走，鞭子像鞭砲似的炸響著，而我們的彈藥不斷擊中他和他的馬。馬兒們受了驚，開始撒蹄奔跑，挑糞的農民在我們身後嘎嘎笑起來。

突然，鞭梢甩上了高高的貨堆，一只蜂箱轟隆隆地撞著別的蜂箱滾下了車，落到地上，碎了。蜜蜂從所有的蜂箱裡傾巢而出，只不過幾秒鐘的功夫，馬車就被一團金黃色的、瘋狂轟鳴著的雲圍住了。

「噢，媽啊，救命啊！」車把式喊道。

馬兒跳了起來，扎進了路另一邊的溝裡，馬車倒下來，翻了個身，蜂箱被甩得四處都是，大部分的蜜蜂都朝著掙扎著的馬和車夫圍過去，有一些朝我們飛了過來。

「救命，救命啊！」車把式尖叫著，可我們沒人敢靠近。那幾個挑糞的傢伙也嚇壞了，不敢上前半步。他們中間有一個人朝不遠處的公社衛生院跑去，叫人來幫忙。我們驚呆了，扔下手裡的武器，光愣著，說不出話來。

三匹馬掙脫了韁繩，長嘯著奔走了，那隻有斑點的轅馬朝我們衝過來，我們全部往樹後面躲，牠一閃過去，放了個響屁，踢倒了兩只糞桶，街面上立刻像糞坑似的臭起來。

「救命啊，」車把式在溝裡呻吟著，他的聲音已經非常弱了。我們看不到他，只看見那兒一群蜂子在微風裡起伏旋轉著。

半小時後，大部分蜜蜂都飛走了，醫護人員救起了那個車把式。雖然聽說他的心臟還在跳動，但他的呼吸已經停止了。他的臉腫著，上面沾著血和壓碎了的蜜蜂。手指腫得像凍胡蘿蔔。人們把他放上擔架，抬著朝衛生院跑去。

接著，派出所長朱明來了，命令誰都不許動，包括那些挑糞的農民。他肯定已經聽說我們朝馬車扔石頭的事兒了，劈頭就問是誰挑頭幹的。如果我們不說，他就把我們都抓到派出所去關幾天，我們嚇壞了。

「你，」朱明指著鐮刀把兒，「是你用石頭砸蜂箱的吧，是不是你？」朱明的臉又黑又長，因爲長，他被人叫做大驢臉。

「沒？我沒有。」鐮刀把兒躲開了。

「那你呢？」朱明扯著本立的耳朵。

「不，不是我。」我們的皇帝扭歪著臉，一條口水從他的嘴角掛了下來。「噢，放開我，叔叔，痛呢。」

「那就告訴我是誰挑頭的。」朱明把本立的耳朵使勁一擰。

「哎呀！不是我。」

「說，誰幹的。」一根香菸在朱明的鼻尖顫動著，兩絡白煙懸在他的鼻孔下。

「他幹的，」本立哼著。

「誰？」

「孫子。」

「大聲說，我聽不見。」

「孫子。」

「孫子是誰？」朱明放開本立，對我們看了一圈，我們的眼光都落在大寶寶身上。

「不是的，我只扔了一個土塊。」孫子說著臉都白了。

「好，一塊就夠了，你跟我來。」朱明朝孫子走過去。孫子想逃，一步還沒有跨出去，朱明就抓住了他的脖子。「你這小豬崽子，往哪兒跑？」他把孫子往寬寬的肩膀上一掀，就扛著他往派出所走去。

「操你媽！」孫子對著本立喊。

我們都跟過去，想看看派出所會把他怎麼樣。那些挑糞的人指著在空中使勁蹬腿的孫子仰頭大笑，然後他們就挑起糞桶往榆樹村去了，其中一個人擔著一對空桶。

「不許動！」朱明朝背上的孫子揍了一下，他立刻就不踢了。

「操你們奶奶的！」孫子朝我們喊道，哭著，吸著鼻涕。我們都沒有罵回去，只是不聲不響地跟著。灼熱的太陽把我們斜斜的影子投在白花花的路面上，知了在樹梢上不知疲倦地叫著。我們心裡恨透了朱明，他只敢欺負我們小孩。兩個月前他跟豐收化肥廠的一輛卡車到大連去，在那兒他們遇上了革命造反派的武鬥。那個司機是斜眼他爸，被一顆子彈打中了腿，還能拚命把卡車開出城。而哪兒也沒傷著的朱明，倒嚇得拉了一褲子。全鎮的人都知道這事。

派出所藍色的門在他們身後關上了，「碰」一聲，我們聽見朱明把一個身體摔在地上的聲音。

「哎喲！我的膀子，」孫子哭道。

我們立刻衝到窗子那兒去看。「再來一下，我還要打斷你的腿呢。」朱明朝孫子的屁股、肚子踢過去。

「別踢我啊！」

又有兩個民警進來了，朱明轉身告訴他們發生了什麼。本立怕他們把孫子關起來使勁揍他，就對兔嘴兒說，「快去告訴他叔叔，說大寶寶惹禍了。」

孫子的親生父母七年前餓死了，因此他跟他叔叔家過。我們敢拿他開心的一個原因是，他只有一些小表妹。我們打他、欺負他不用擔心他會有個哥哥什麼的來幫忙。

「你吃飽撐的，嗯？精力過剩？」沈力吼道，抓住孫子的脖子。沈力長得矮矮胖胖的，像個鬼子兵，我們都叫他水缸。

「別啊，你打死我啦！」孫子哭喊著。

「嘗嘗這個？」一個巴掌甩到他臉上。

「哎喲！」

「說，爲什麼那麼幹。」

「沒有，我沒幹。」

「你還不承認，行啊，讓你爺爺教會你怎麼老老實實的。」沈力朝他的腰上揍了一拳。

「哎喲！」孫子倒到地上，捂著他的肚子尖叫，「救命！他們打死我啦。」

「住口，」朱明喝道，把他提起來，「現在，說，你幹沒幹？」

孫子點頭了。

「那就在這兒簽上你的名。」朱明把他帶到一張辦公桌前，指著一張紙說。

我們在外頭急得要命，從沒見過民警會這麼對待犯事的小孩，我們都一心想把他弄出來。

孫子的叔叔終於來了，穿著藍色的工作服，上面沾著油漆。我們讓出道來讓這個大漢走進去。我們中間有幾個人大著膽子想跟進去，但水缸把我們朝後推出來，關上了門。

我們還以爲孫子的叔叔會對民警發火，叫我們吃驚的是他罵的卻是他的侄兒。「我跟你說過多少次了，別在街上惹禍，嗯，小兔崽子，我恨不得殺了你或者餓死你。」他朝他扇著耳光。

民警把他們帶進另一個房間，我們沒法再看得見了，就下了窗臺，罵這些民警和他們家人。我們發誓等朱明的大女兒一上小學，我們非得揍她不可。

幾分鐘後，門開了，孫子和他叔叔出來了，三個民警跟在後面。「劉寶，」朱明大聲說，「看好了你家孩子，你瞧，那個車把式差點兒丟了命，我們不想讓這個小傢伙變成殺人犯。」

「知道了，朱所長，」孫子的叔叔說，然後，轉過身來又在牙縫裡罵著，「狗娘養的！」他的臉惡狠狠地皺著。

孫子兩眼烏青，嘴唇腫得老高，黃汗衫上沾著鼻血，胸前「將革命進行到底」幾個紅字也被弄得字跡模糊了。他焉巴得不再開口罵人，只是用他模糊了的眼睛看了看我們。

他叔叔把自己的草帽摘下來，放到孫子頭上，他用鼓著肌肉的胳膊攬著他侄兒的脖子，把他領回去了。

整整一個星期，孫子都沒在街上露面，這些天裡，我們玩各種遊戲——打瓶蓋，扇洋牌，飛刀，鬥蟋蟀；晚上，我們聚在火車站跟不認識的人尋開心，罵他們，或者用彈弓打他們。他們在黑夜裡逮不著我們。假如有人追過來，我們能很容易就把他們甩了，因爲他們不熟悉這裡的街道和小巷。如果是一些女人，我們就跟在後頭叫「小媳婦，跟我回家吧，家裡有熱粥熱炕頭。」女人就會站下來罵我們，而我們就大笑一通。

還有，我們和沙莊的男孩打了一架，他們打敗了我們，因爲在人數上他們超出我們一倍。另外，他們的皇帝，胡霸，以凶惡出名。這個鎭上以及周圍村裡的多數男孩看到他的身影就躲。只要他打贏一仗，他會用鐵絲抽打他的俘虜，甚至往他們嘴裡撒尿。我們還算運氣，被抓到後挨了頓鞭子，卻沒有做更丟臉的事。可這次他們並沒有抓到我們皇帝，因爲本立跑得快。他們追了他十里地，一直到他跑進馬莊躲到他的姨家去爲止。

到了下一個星期三，孫子出來了。我們吃驚地發現那些青包腫塊從他臉上消失了。他看上去很安靜，也不說什麼話，但他的眼睛卻奇怪地閃著光。

這天下午，我們在一個中學的後院裡用土塊打仗。那兒有一些廢棄的菜窖可以用來做戰壕和掩體。那兒的土塊也多，因爲是我們自己一夥人互相打著玩，石頭或其他硬的東西都不許用。皇帝本立把我們十四個男孩分成兩撥兒，一撥兒守著院子的東半邊，一撥兒守西半邊。兩撥人互相進攻和反攻，直到一方投降爲止。

光腚，大蝦米，孫子，斜眼，我和兩個小的男孩迎戰本立，兔嘴兒，鐮刀把兒和另外四個男孩。

我們收集了好些土塊，把它們都堆在戰壕邊上，因爲我們知道本立那一隊總是先搶著進攻。我們要先消耗他們的彈藥，等他們沒有土塊了，我們就可以把他們打得退回戰壕，並把他們消滅在那兒。

戰鬥打響了，正如我們所料，他們先開始進攻我們。我們耐心地等他們靠近，彈頭呼呼地從我們頭上飛過。我們的司令光院抬起手。手指圈在眼睛上當望遠鏡，觀察著敵人的動向。

「準備好，」他喊道。

我們每個人都拿好了蘋果大小的土塊，準備讓他們飽嘗一頓。光腚舉起他的左手，「開火！」我們一起把土塊扔過去，立刻就止住了他們的進攻。一個土塊擊中了兔嘴兒的頭，他用兩手護住腦袋，跑回自己的戰壕去了。

我們跳出來和他們短兵相接。見我們是全副武裝的，他們全都轉身就跑，只有本立沒逃，還在朝我們逼近。我扔的土塊擊中了他的前胸，也沒能擋住他。孫子向他擲了個大塊的，打中了他的腦袋。「噢！」本立倒在地上了。

我們笑了，不再管他，因爲他已經被消滅了。我們都去追別的殘兵。他們雖然躲進戰壕，可全都看見他們的司令給打倒了；因爲他們沒了彈藥，我們很輕易地戰勝了他們——一個個地舉手投降了。

「孫子，你個驢蛋子！」本立在我們身後喊道，衝了過來。「操你爺爺的，你用的是石頭。」在他的前額上一道傷口正流著血，血蜿蜒著繞過他左眼淌了下來。

「怎麼著？」孫子平靜地說，他的聲音鎮住了我們。

「你個混蛋，你在報復。」本立往前走，想抓住他。

「對，我就是。」孫子抽出一把匕首揮動著。「你敢碰我，我捅了你。」本立一隻手捂住前額，愣住了。我們丟下手裡的土塊，上前把他們拉開。本立轉身去找石頭，而孫子則拿出一個鉛塊，看上去像一個圓盤，是那種在打瓶蓋的遊戲裡用的圓餅。他舉起來說，「我等著你，本立。你要走過來，我就用這個砸碎你腦袋。」他臉色蒼白，但眼睛閃亮著。「來啊，本立，」他說，「你家爹娘都在，我沒爹沒媽，我們倆打死了算，看誰吃的虧多。」

皇帝迷瞪了。我們把他往邊上推，求他別再去惹孫子。大寶寶肯定是著了魔，什麼都敢做，而且會傷著人的。我們不該在自己窩裡這樣鬥起來。

「到柳村乖乖地撿蘋果去吧，你這個走資派的王八羔子。」孫子朝本立喊道。這一下可是太過分了，我們的皇帝哭了起來。我們知道他爸爸最近作爲走資派從公社黨委除了名，要被送到鄉下去勞動改造，他們家馬上就要搬走了。

「給我點紙，白貓，」本立對我嘟囔著說，可我身上沒有紙。

「這兒，給。」大蝦米給他一張展開的傳單。

本立擦了擦臉上的汗和血，又擦了鼻涕。他的眼淚還在淌，我們還從沒見過他哭成這樣呢。

「走吧，我們回家，」光腚說。他拉起本立的胳膊，我們都朝院外走去。

孫子獨自站在辣辣的日頭下，好像他跟我們不是一夥的。他用手裡的匕首砍那鉛塊，望著我們退出去；他朝地上吐了口吐沫，然後踩了踩。

那一仗以後，孫子說他討厭自己的綽號，並且威脅說誰要再叫他孫子他就用鉛塊打誰，那鉛塊他一直隨身帶著。他的另一個綽號，大寶寶，我們已經早就不用了。在學校裡，老師叫他劉大民，那是他的眞名，但對我們這些街頭頑童來說太正式，我們互相只叫綽號。好歹，我們找到了解決辦法。本立現在成天忙著幫家裡大人準備搬家，很少出來跟我們一起玩，我們就叫孫子「副皇帝」了。他似乎很喜歡這個名字。說實話，他打架並不在行，但他比我們這些人凶而且敢玩命。我們從來不敢跟皇帝本立較量，可孫子就敢。另外，他現在開始在晚上練習打沙袋，一雙拳頭硬多了。最重要的是，等本立一走，我們就得給鎮東的這一片選一個新皇帝，孫子幾乎是天然的候選人。

本立走的前一天，我們在獸醫站後面的大草堆頂上給他辦了送行。鐮刀把兒最近從他爸那兒偷了十塊錢。他爸是個鰥夫，在一家旅店裡給馬車夫們幹鐵匠活，整天喝得醉醺醺的。老頭兒從不點自己口袋裡的錢，因此他兒子不時從他那兒弄點出來，跟我們一起花，爲了這次送行，我們買了汽水，熟螺螄，冰棍，月餅，奶糖，甜瓜，山楂糕。本立和孫子現在不再敵對，但他們互相保持距離。我們把這些東西一掃而光，回憶著那些跟別條街上和其他村裡的孩子打贏的架，還有互相比著看誰會罵人。有幾隻金黃的蝴蝶和蜻蜓在我們周圍飛著。下午的空氣又暖和又明淨，我們身後的鎮子看上去像是鼓滿了白帆的綠色港口。

第二天上午，我們都聚到本立家幫著裝兩輛搬家的馬車，叫我們吃驚的是，周圍鄰居們一個大人都沒來，我們這些小孩也就只能幫著搬搬椅子、臉盆。幸好兩位車把式年輕力壯，因此大櫥櫃，大鍋，菜缸是他們幫著搬的。本立的爸爸自從被打成走資派後很少露面，我們驚訝地看到他的頭髮在短短兩個星期中已經變成了灰白色。他看上去心事重重的，厚肩膀耷著，在搬家的過程裡他幾乎沒說一個字。本立也不吭聲，只有他的弟弟妹妹們吵吵鬧鬧的，擋我們的道兒。馬車離開前，心腸挺好的本立他媽給了我們每人一個大蘋果梨。

本立離開後，鎮上別處的男孩幾次來侵犯我們的領地，但我們打敗他們。多虧了孫子啊，他眞是個有能耐的皇帝，對敵人決不心軟，對自己人又很公正。一次我們從大公雞身上沒收到一把鋼鏰兒，孫子就把錢在我們中間平分了，他自己一分都沒有拿。又有一次我們從部隊的供銷社偷來一箱子葡萄，我們大家吃了個飽，還帶了一些回家，可孫子一點都沒有拿回他叔叔家。儘管我們有時還會叫他孫子，但已經沒有人敢在他面前用這個名字。因爲他牢牢地占據王位，鎮上的割據保持著原樣。沒一個人到我們的領地來能不冒著風險。當然，除非不得已，我們也決不出自己的地盤兒。

一天下午，我們到部隊的豬場上去打鳥。天氣很悶，我們也沒精打采的。我們七個人花了兩個多小時只不過打到四隻麻雀。那兒也沒什麼鳥可打，因此我們都想離開，去看屠夫們給部隊的供銷社和軍官家屬殺豬。這時斜眼跑過來了，直喘粗氣，「快，快走，」他說著，還揮了揮手。「我剛才看見大皮帽在鎮上打醬油買醋。」

我們一下子來了精神。孫子讓我們跟著他到大街和鐵匠路的交叉口上去堵大皮帽；然後叫斜眼跑回家去把別的男孩們叫來到那兒跟我們匯合。我們立刻往那個交叉路口跑去，揮舞著手裡的武器，叫喊著：「殺！」

大皮帽是綠村的皇帝，那兒的男孩我們不大認識，但只要一碰到就打。他的這個綽號是從他冬天戴的一頂貂皮帽子來的。他總吹噓說這頂帽子讓好多大姑娘對他著迷。平常他到鎮上來總帶著兩三個結實的保鏢。可今天根據斜眼的情報，他居然一個人跑到這兒採買東西了。這就讓我們特想抓住他，因爲要消滅這幫鄉下的土匪，就得先擒住他們的頭兒。

我們才到了那個交叉路口，大皮帽就在鐵匠路上出現了。他沿著路左邊的屋簷下偷偷摸摸地走著，背上揹著一只空糞簍，一隻手拿著一根長糞叉，另一隻手提著個裝了瓶子的網兜。他看上去比兩個月前我們在靠近他們村的白石橋打架時要高些。一見我們站在路口，他就轉過身去，就在這時，小狗，斜眼和一群男孩從街角上走出來斷了大皮帽的退路。我們兩股部隊朝他衝去，手上拿著棍子和石塊。知道自己沒法跑了，大皮帽停下來，把簍子和瓶子放到地上，背靠著牆，抓著那根糞叉。

「放下武器，我們饒你一條小命，」小狗喝道。我們圍了上去。

「小狗，」大皮帽說，「你這個黑心的富農崽子，別擋我的道，要不等下次你家老頭子遊街經過我們村，我們就砸碎他腦袋。」他齜牙一笑，一個星狀的疤痕從他的短頭髮茬裡露了出來。

小狗垂下了眼睛，不往前走了。幾個星期前，他那個曾是富農的爹在集市上批鬥時挨了揍。「別狂，你個驢崽子！」孫子吼道。

「孫子，」大皮帽說，「讓我這一回，我二爺在家等著我呢，我們家今天有客人。」他指了指放在地上的那只矮胖的裝著白酒的瓶子。「我二爺和公社的丁書記是把兄弟，假如你讓我過去，我會讓他幫忙提升你爸。」

我們都轉臉看著孫子。顯然，大皮帽把孫子他叔叔當成了他爸。

「告你家二爺，我們一起操他還有你二奶奶！」孫子說。

「別啊，只要你放我過去這一回，你家老子就會當上車間主任。我二爺還是化肥廠馬廠長的朋友。」

「操你的二爺！」孫子衝上去用那個鉛塊砸了一下大皮帽的額頭。

大皮帽沒來得及出聲就跌倒在地，手裡的糞叉掉了，帶倒了那些瓶子中的一只，血滴到他灰上衣的前襟上。在他的眉毛中間有個長長的傷口像是刀砍的一樣。空氣裡彌漫起醋的味道。

大皮帽順著牆根躺下了，他的眼閉著，口吐白沫，我們都嚇住了，以爲孫子把他砸死了，可我們都不敢吱聲。

過了一會兒，大皮帽活了過來，開始喊救命。孫子上前去，踢著他的肚子。「起來，你這個叫花子。」他揪住他的領子把他拎得跪在那裡。「今天你遇見你爺爺了，你得給這兒的每個人磕頭，喊我們爺爺，不然你今晚就別想回去。」

我們嚇呆了，不知做什麼好。「孫子，」小狗想調解，「饒了他吧，孫子，讓他……」

「不准這麼叫我！」孫子看也不看小狗，喊道，然後轉向大皮帽，「你叫不叫我們爺爺？」

「不，」眼淚淌了大皮帽一臉。

「行，」孫子走開去，撿起那把糞叉，打碎了立在地上所有的瓶子。深色的醬油和沒有顏色的酒在石子路上淌了一地，往土裡滲透下去。「好，你不肯叫，你就得吃這個。」他指著幾步外的馬糞說。

「不！」

「吃，」孫子命令，然後用糞叉朝大皮帽的後背狠揍。

「哎，救命！」

街上少有的安靜，附近一個大人也沒有。「肯還是不肯？」孫子問。

「不。」

「再說一遍。」

「不！」

「嘗嘗這個。」孫子用糞叉戳他的腿。

「哎喲！饒了我吧！」

糞叉的一個齒兒穿透了他的小腿。他在街面上滾著，罵著，哭著，喊著，怪了，一個大人都沒有出現。

這實在太過分了。雖然我們挺想看到這個王八蛋出血，但不想殺了他被抓去坐牢，所以我們幾個人過去阻止孫子。

「滾開，躲遠點兒。」他舞著叉子好像要來戳我們似的，我們愣住了。

孫子從那些馬糞裡叉起一塊，舉到大皮帽的嘴邊，威脅道：「你要不吃一口，我捅了你，張嘴。」

「噢，你這個土匪，」大皮帽呻吟著閉緊眼睛，他的嘴張開了一點點。

「張大，」孫子命令，然後就把馬糞塞到他嘴裡。

「呸！」大皮帽吐了出來，用袖子去擦他的嘴。「我操你媽！」他喊道，側身躺在地上，用兩手捂著自己的臉放聲哭起來。

孫子把糞叉扔到街的另一邊，用他瘋狂的眼睛掃視我們一圈，一句話都不說就走了。他的大屁股短腿搖擺著，彷彿他在踏著踩著什麼東西。

我們不敢遲疑，立即散開，留下大皮帽獨自在那裡咒罵和哭叫。

不久孫子名聲大振，我們中心小學低年級的男孩看到他的身影就發抖。有他領著，我們可以進入到鎮子的其他區域而無需爲此打架。除了我們，沒人敢在大街上玩——過去的非戰區現在控制在我們手裡了。一些軍官的孩子，儘管他們吃香的喝辣的，穿好的衣服，可全是一幫膽小鬼，求著我們在他們上學和回家的路上保護他們。爲此他們給我們送部隊禮堂的電影票，還有豆腐票，因爲鐮刀把兒他爸，那個老鐵匠，牙全掉光了，得吃容易嚼的東西，一時間，我們的領地擴大了，我們的事業蒸蒸日上，我們的東部帝國開始統治全歇馬亭鎮。

但是一個月後，孫子他叔叔沒能延續他的合同，在鎮子上也找不到別的工作。我們這才驚訝地知道原來他不是正式工人，只是化肥廠的臨時工。劉家決定回他們老家瓦房店的鄉下去。

孫子跟他叔叔家一起離開了，我們的王國垮了臺。因爲我們中間沒有人合適當皇帝，皇位沒人繼承。現在那些南邊的孩子甚至都敢到我們以前的司令部——本立家門口玩騎馬。我們則不能去大街西邊的百貨商店，或者到集市上替家裡大人買東西或租小人書看。我們許多人都在學校裡被人揍了。有一次我被大皮帽手下的人在磨坊裡抓著了，被他們逼著學貓叫。哎，我們多麼懷念過去輝煌的時光啊。

一年年過去了，我們一個個地離開了歇馬亭，去爲各式各樣的皇帝效勞。

運

解放前鎖匠畢瞎子是在街上給人算命的。雖然這個行當在新社會被禁止了，可歇馬亭的人暗中還不斷找他。無論有婚事、喪事，他們會事先去找他問吉日，問合適的寢地。由於眼睛不好，畢瞎子很少出門，可鎮子上的事他都知道。有人相信他是那種不出門就能上通天文，下知地理的秀才。畢瞎子活得挺好。除了些孩子們會經常從他屋後的窗戶去窺視他，還眞沒人對他頓頓吃大白饅頭忌妒過。

沙莊的唐虎一個月前聽說有一個農民丟了馬，就來找這個算命的問馬的去向。畢瞎子讀了竹籤後，舉起他瘦骨嶙峋的手，森然宣布說，「它夾了兩個蛋子去了東邊的白楊樹林。」馬主人說，那是匹母馬。可畢瞎子說，別管公母，只管往那林子裡去找就成。幾個人聽話去了，居然就找著了。

近來唐虎也打算去找畢瞎子，因爲這幾年他老有壞事臨頭。前年夏天，他丟了兩窩小豬。去年秋天水淹了他的白菜和蘿蔔田。接著他又得了急性盲腸炎，如果不是正好有一輛路過村子的卡車及時捎他去公社衛生院的話，他就沒命了。不管怎麼說，他被醫生在肚子上開了一刀，娘胎裡帶來的元氣都丟了。他尋思這些霉運會不會是由於他家的祖墳向東，而不是向南的緣故。

唐虎把他的馬車趕到鎖匠家門口，進了屋。畢瞎子正弓著腰伏在臺鉗上挫著一個手電筒的銅開關。一見唐虎，他放下挫子，回到鋪著狍子皮的扶手椅子上坐下。

「坐，」畢瞎子說。

唐虎坐了，跟他說了說心裡的事。畢瞎子問了他的姓名和生辰八字，然後閉上眼睛靠在椅背上，手上數著綠玉串子，嘴裡喃喃叨念。唐虎捲了根菸點上吸著，有一隻蜻蜓在紗窗跟前抖著翅膀，徒勞地想飛出去。

「我沒見有什麼不妥。」畢瞎子三分鐘後說。

「那不是因爲我家的祖墳朝東？」

「不是，從星象看，你該飛黃騰達的。你是做將軍的命，祖墳沒擋著你。」

「眞的？」唐虎大吃一驚。「你是說我會做個將軍？」

「也許。不過雖然星象說你生來要操管上萬人的生殺，可這也得靠你去兌現自己的命。」

唐虎把頭轉過去，想了會兒。「那我怎麼會這幾年運氣不好呢？」他問。

「讓我看看，你兒子叫什麼名兒？」

「大龍。」

「什麼？一條大龍？」

「是的？」

畢瞎子搖著頭，去翻一本捲了邊的書。翻到其中一頁，他讀了有一分鐘。「這就不成了。」

「什麼不成了？」

「你兒子的命太盛，他的前程擋了你的道兒，他是你頭上的災星。『大龍』，這是個什麼名字啊！帝王才配起的名字。可實際上他就是一條龍，而你是一隻虎，他的命擋了你的。瞧，你現在四十三歲，好些男人到了你這年紀已經榮華富貴了，可你還是一個車把式，只管著幾匹劣馬。」畢瞎子咯咯笑起來，點上了他的煙袋鍋。煙從他發黃的牙齒間往外冒。

「那我該怎麼辦？」唐虎問。

「你兒子多大？」

「十四。」

「晚啦。」

「什麼意思？」

「如果他不到十歲，你可以給他改名，就不影響你的前程了。」

「那我現在該怎麼辦呢？」

「給他改名，這會有妨礙，但總比什麼都不做要好。」

一時沉默下來。

這兩個男人似乎故意避免對視。過一會兒，唐虎問，「那該給他改什麼樣名兒呢？」

畢瞎子拿出個本子，撕下一頁紙，遞給唐虎。他另一隻手從他的寬臉上摘下牛角框的眼鏡，露出了死魚一樣的眼珠。

唐虎接過紙，低頭看了看，見紙上豎著寫了五個大字：「馬，牛，狗，山，靈。」

「媽的，」他罵道，用結實得像馬蹄似的拳頭捶了一下自己的大腿，他長長的眼睛往太陽穴一邊翻上去。

「你要抓緊，沒剩下幾年功夫了。」畢瞎子漫不經心地說。「人過四十天過午，這你自己明白。」

唐虎站起身來，拿出一塊錢。「老畢，我知道了，謝謝你把實話告訴我。」他把錢放到畢瞎子手上，戴上草帽，轉身朝門走去。那門框對他高大的身體嫌矮了點，他彎下腰才走了出去。

馬兒拉著一車石頭沿歇馬亭的永生路走著。歇馬亭在古代是軍隊調防時的歇腳處，也是開拔到朝鮮征戰時的預備處。這是個無風的大熱天，沿街的房子都開著窗，蒼蠅嗡嗡地圍著唐虎轉，又落到馬身上。在街角，有一個磨刀人在吆喝，「磨刀，磨剪子來。」

唐虎間或地揮揮鞭子，陷入了沉思，讓馬自動地往家走。打他生下來起，我就知道他是我的剋星。唐虎想。他從來沒有安靜地睡過一夜，隔個把小時就醒，又哭又鬧。我老婆得沒日沒夜地看著他，他讓全家都睡不好覺。從一開始他就是個自私的臭小子……他在我脖子上拉屎，我就再也不抱他了。村裡人人都笑話：兒子騎在他爹脖子上拉屎。兔崽子，這麼些年他一直在往我身上拉屎！……我的運氣一天天往下走。而他的運氣長得跟草那麼快。一年級，他就是少先隊小隊長；一年後，他當了號手；後來成了中隊長。他總得好成績，牆上掛滿了獎狀。才十四歲就已經招女孩子了。劉家的蘭花一個星期有三晚上來跟他一起做作業。他是個會引小妞兒的小東西，學得眞快，不，根本就是天生的。

可我在二十七歲前從沒沾過女人。大閨女們正眼都不瞧我，因爲我是個對眼。她們不把我當男人看，因爲我窮，家裡沒地位，誰想得到我生來是個當將軍的，要統率千軍萬馬？操他們祖宗的，他們當我是一隻誰都可以踢一腳的綿羊，一頭誰都可以抽的笨驢，一個誰都能往裡撒尿的夜壺。虎關進了籠子，就連條狗都不如……龍兒，你能那麼壯是因爲你有個虎爹，是因爲我把自己命裡最好的玩意兒給了你。你這眼裡沒人的小子，因爲我把「狠」讀成了「狼」就來笑話我。你活該吃那頓巴掌，就是得給你個教訓，叫你知道什麼叫孝順。你個狼崽子，這些年來你把我的運氣都吃掉了。這回我們要好好安排一下，你得改你的名字。

馬車進了沙莊。高高的柏樹進入了唐虎的視野。他甩著響鞭，催著馬兒往果園的工地去卸石頭。

太陽剛落下西山，仍把巨大的影子投在樹叢和田野上，影子往東快速地移動著。掛在大隊部院裡那棵老榆樹上的工字鋼發出了收工的鐘聲。聽到鐘聲，社員們擦了擦他們的鐮刀和鋤頭，動身回家。傾刻，村頭井臺上的轂轆開始響起來，水桶在街上發出碰撞聲，各家的風箱也呼呼地拉起來。高音喇叭裡正在反覆通知所有新婚夫妻必須在晚上七點去開計畫生育會議。

晚飯後，唐虎對兒子說起改名字的事。他老婆玉珍正在納鞋底，女兒春霞趴在炕上讀一本自然課本。

「不，我不想改名兒，」大龍說。

「你得改，」唐虎說。「從現在起，你就叫馬。」

「不，我才不叫馬！多傻的名字。」

「行，你就叫牛。」

「不，我又沒笨得像頭牛。我在學校比別人都聰明。」

「你別狂，毛主席說，每個人都應該成爲革命的老黃牛。你不知道嗎？」

「老頭子，」玉珍插話了，「你怎麼突然要給他改名字了？」

「他的名字剋我。」唐虎不等玉珍回答又對兒子說，「做一頭牛是光榮的。」

「我不想改，大家叫我的名字已經叫慣了。」

「媽的，那從現在起你就叫狗。」

「笑死人了，班上同學全會拿這名字笑話我的。」

「行，那你叫山。」

「你自己爲什麼不改名叫山？」

唐虎站起來朝兒子走過去。「別，別呀。」玉珍拖住他的胳膊求他。

「爸，」春霞坐了起來，「你太迷信了，我們是新社會，誰信一個名字能不吉利啊。」

「住嘴，ㄚ頭！」唐虎又對著兒子說，「大龍，那你就叫靈。」

「我瘋啦，」兒子搖頭，「我不信神，又是個少先隊隊長。我怎麼能叫自己這麼個名字。」

「『靈』這個字又不是指神，」唐虎說，「這個字好，意思是人身上最好的東西。我們家姓唐，和大唐朝是同一個字。瞧，加上這麼個姓，你就跟中國最好的朝代連上了。這不挺好嗎，唐靈。」

「不，聽上去一點兒也不好。我不想改名。」

「你是不是我兒子？」

「是，我是，行了吧？」

「那你就得孝順，照我說的辦。古時候花木蘭代父從軍，她還只是個姑娘家就肯代她老爹去死。

我現在沒讓你爲我流一滴血，我只不過讓你把名字改一個字，你就跟我強。你這壞小子，狼崽子。噢，老天爺，怎麼讓我攤上這麼個兒子？我操種下他的那一天！」唐虎揪著自己衣服的前襟。

「老頑固，」大龍喃喃地說。

唐虎跳起來，在兒子頭上揍了一下。「你以後再敢像這樣回嘴！」

孩子摔倒在地，兩手護著頭。唐虎踢著他的屁股，咬牙說，「讓我來教你怎麼做人。」

眼淚順著大龍的腮淌了下來，春霞也哭起來。「老頭子，別生那麼大的氣啊，」玉珍怯怯地說。

唐虎對自己的舉動也有些困惑，他拿上煙袋就往門外走。

「回來，」玉珍懇求道，「回來吧，老頭子。」

「我不想見這張孽子的臉，」唐虎叫道，頭也不回地走進暮色中去。

他朝綠蛇溪走去，沉思著，抽著一根自己捲的粗菸。我不該那麼打他，他想。可他眞壞，總回嘴……沒錯，我是火了。可你怎麼就那麼恨他？我沒恨他，就只想讓他改個名兒，可就說不服他，這小子眞是讓人受不了。我把他養大，可他完全不知道孝順，還不如一條狗。剛生下來就該除了他的，現在他已經太大了。

奇怪的是，唐虎想起有一次鄰居家孩子用石頭砸破了大龍的腦袋，他抱起大龍就往村裡的赤腳醫生家跑，見兒子流血讓他心痛得眼淚直淌，把他緊緊地抱在懷裡。那時大龍還小，現在他大了，像一條野龍要來把他的運氣吃個乾淨。

唐虎在河岸邊涼涼的草地上躺下，星星透過薄霧在閃爍著。四下裡很靜，不時有青蛙跳進溪裡，村裡有隻狗在叫。他們說有些星星上也住著人，他想。要這麼多人幹啥？人是野獸，互相踩，互相咬，你殺了我，我吃了你。所有這些村幹部都在吸我們骨髓，喝我們血，不是嗎？好運氣是每人有份的，有些人比別人更走運是因爲他們把別人那份好運偷去了。這也就是爲什麼土改時我們要殺地主老財，那是把我們的運道奪回來嘛。總有一天我們要再來一次那樣的運動，消滅所有這些村幹部。就從胡主任開始。這王八蛋，早上我請他在村裡的花名冊上把大龍的名字改了，他朝我舉起一根手指頭。見他媽的鬼，一百塊是半年的收入啊。我就是有錢也不給他。總有一天我們要砍下他的頭，砍頭前先砍去他的歪手指頭。

唐虎嘆著氣，把煙噴出來。河岸對面有一隻狼在嚎叫。他繼續想著，我該在十年前就給大龍改名兒的，現在太晚啦。我制不住他了，老了，連個兒子都制不住，怎麼能去指揮兵馬？我是老得不能當將軍了，也沒有力氣去跟成千上萬的敵人作戰……那，就讓他去興榮？讓他長成一條好漢？你想讓步嗎？我是老了，不是他的對手。也許我是該由他去，指望他長成一條漢子後還能尊敬我。這不可能，這是個沒良心的後生。

露水下來了，蚊子飛不動了，因此空氣顯得格外涼爽和新鮮。在月光下，唐虎躺在微光閃閃的溪邊，直到四周完全安靜下來。他躺了許久，冷靜了，決定把這事先擱下，他要再去找畢瞎子，看看他有什麼別的辦法沒有。

兩天後，唐虎又經歇馬亭去採石場拉石頭，路過那兒時，他又去找鎖匠，讓他再給看看運。叫他失望的是，畢瞎子直言告訴他沒別的機會，他所能做的只有給大龍改名兒。畢瞎子意味深長地眨眨他發紅的眼睛說，「孩子不好調服，你該知道怎麼做，這樣的兒子有什麼用？」

離開畢瞎子，唐虎想讓自己不再去想他和孩子的運道，但畢瞎子的聲音還在他耳朵裡滾動，引得他想著財富，地位，輝煌前程。他在地裡幹了三十來年，汗水把土都浸透了，可一年中他只能在過節時吃上三四回白饅頭。生活太不公平，爲什麼他得像牲口似的死幹？他不是生來做奴隸的，爲什麼他不該變一變呢？

在他返回的路上，當馬車在鐵匠街顚簸時，唐虎看見一些孩子和大人朝守備師的總部跑去。他覺得奇怪，因爲通常老百姓是不讓進部隊駐地的。他趕著馬過去了。

部隊總部的鐵門大開著，兩邊水泥的門柱上貼著新寫的毛主席語錄「軍民團結如一人，試看天下誰能敵！」幾個十幾歲的男孩跑進大門，門口的兩個哨兵就那麼讓他們進去了，好像那幾個頑童也是部隊家屬似的。營房裡那棟四層樓前的籃球場旁圍了一大圈人，有當兵的，有老百姓。唐虎見那兒正賽著球，可他們怎麼會許老百姓也進去看呢？

他把馬車停在路邊，把頭馬拴在一棵粗楊樹上。「那兒幹嘛呢，孩子？」他問一個正跑著的男孩。

「省隊和軍區隊賽球，快，誰都讓進去看。」

跟著別人，唐虎進了營地，別人來過這兒，可他是第一次進來。有這麼些他從沒見過的東西呀：修剪得很齊的冬青樹，一對巨大的探照燈在太陽下閃著光，高高的天線，黑色的人形靶，緞練身體的器械。讓他印象最深的是一排指向天空的六門榴彈砲和沿著紅磚建築停著的五輛黑轎車。十來個警衛員走來走去，挎著衝鋒槍。

唐虎從人群裡擠到前面，前面的人都坐著看賽球。對面的記分牌上顯示著「七六：七二」，軍區隊領先，唐虎吃驚地看到，他右邊有一個穿著呢軍裝的小個子男人和一個穿毛藍制服的胖幹部坐在藤椅上，椅子前有一張長長的鋪著白桌布的桌子。桌上有玻璃杯，還擺著裝滿水果和糖果的盤子，人群被擋在離那兩人三米遠的距離之外。一個穿軍裝的年輕姑娘正給兩人倒茶水。

「那是王司令。」人群裡有人在耳語。

唐虎的眼睛緊盯著那小個兒男人的肩頭，又見雙肩各有三顆星。是個眞正的將軍。可他那麼瘦，那麼小，哪兒都不像古代那些虎虎生威的大將。街上隨便走著的任何一個人都會比他更像個將軍。唐虎的眼睛轉過去，落在那些年輕女兵和軍官身上。他從沒見過女人穿軍服裙，顯出了她們美妙的腰身。這些女人每個都長得結實漂亮。瞧，有一個站起來給司令員遞過去一條濕毛巾。唐虎愣了，他從來沒想到一個將軍可以有這麼些年輕老婆。她們每一個都俊得跟電影演員似的。天知道她們給這個瘦小的男人生下了多少英俊壯實的兒子；天知道她們還會生下多少。

一個戴鋼絲邊眼鏡的女人走過去對司令員耳語了幾句，他聽著點了點灰白的腦袋，用毛巾擦了擦他耷拉下來的嘴。她離開後，王將軍從金閃閃的菸盒裡拿出一支菸，另一個年輕女人立刻爲他擦了根火柴。這麼個乾老頭怎麼能指揮著全軍區呢？不可能，對他的那些女人來說，他更加是老得不堪，他沒用，早就該撤職了。

這個著了魔的車把式往前湊了湊，好把司令員的臉看得更清楚些。無意中，他把腿伸進了球場。

「哎喲！」他叫出了聲，幾乎跳起來。

一個年輕的軍官踢了他的腿，讓它馬上縮了回去。唐虎轉臉盯住那個年輕人，他的大眼睛怒沖沖的，使那個軍官退讓了。「我會記得你，狗娘養的。」唐虎在肚子裡罵著。

軍官轉過臉接著看球。在他身後，唐虎盯著他的招風耳，估量著他的身高——一米七四。一條紅，兩顆星。你等著，小雞崽子，他想。等我做了將軍，我把你派去餵豬。我會記得你，跑不了你。你長了一雙眼睛卻看不見你的上司。我會把它們挖出來。我以我那個和盛唐同姓的祖宗名義發誓，我會……

球賽結束的哨聲打斷了唐虎的思路，他轉眼去看司令員，將軍站了起來，和那個胖幹部握握手，然後那些年輕女人跟著他往轎車走去。一個背著藥箱的女人甚至還扶著他的胳膊。沒多少日子了，他可能已經走不動了，這正是該換新將軍的時候。

看著這瘦小的男人進了第二輛轎車，唐虎掉過臉來隨著人群走出大門。熱熱的風吹在他發燒的臉上；灼熱的太陽烤得空氣都有些顫動起來。他覺得自己彷彿像一個神，腳下騰了雲，眼前有許多星星和彩虹在地平線上跳舞。希望從他心裡滋生出來。

一連好幾天，唐虎想著怎麼除掉大龍。他不能用刀或鎚子結果了他。這對他來說有些太過分，他怕自己下不了這狠手。他想把兒子帶上山，然後把他從懸崖上推下去，可附近的山頭都不夠高。那麼淹死他呢？村裡只有一個水庫，而且有兩個人成天守在水庫邊的抽水站上。再說，大龍會狗刨。他眞要除掉他，就必須做得乾淨，讓一切看上去很自然。好，有了，電他。可怎麼電？他自己也不知道怎麼擺弄電。這太危險了，他可能會把他自己和別人都電死。叫人幫忙嗎？不行，他得自己來，他沒錢雇人。

雖然沒想出置兒子於死地的最好方案，唐虎還是找出一個來，他決定用馬車。大龍已經學了趕車。可惜不再運石頭了，不然唐虎能很容易地把車弄翻，把兒子砸在石頭底下。這幾天他只是從田裡把割下的莊稼拉到打穀場上去。

這天下午去幹活兒前，唐虎從自家田裡摘了幾個小辣椒放在他煙袋裡。鄉親們把這種辣椒叫做「狗雞巴」，因爲它特別辣，長得也像狗身上的那玩意兒。唐虎往車上扔了根繩子，還有個大木樁，那是用來壓緊車上莊稼的。然後他和兒子出發到北山岡的田裡去，大龍趕車。

他們並排坐著，路上卻不說話。唐虎在抽菸，偶爾斜眼看看兒子。孩子長得精神飽滿的額頭，濃眉，方嘴。他看上去那麼帥，唐虎甚至懷疑大龍是否是他的親生兒子。也許是個野種，應當連根拔掉。接著他胸口感到一陣麻酥酥的痛，腦袋似乎旋轉起來。我必須做，他對自己說。無毒不丈夫，就像刀口不上鋼一樣。有失才能有得。他把我的運道都拿走了，現在到了事情結束的時候了。沒有幾年等了，我得現在就動手。

當幾個社員在裝車時，兒子到玉米田裡去撒尿。唐虎悄悄走近轅馬，拍拍牠的後臀，抬起牠的尾巴，然後把一只辣椒塞進牠的肛門。馬抖了一下，但還是安靜地站著，像什麼也沒發生一樣。用同樣的方式，唐虎給另兩匹馬也放上了。

馬車上堆起了高高的穀堆，在車後，一個人拿那根木栓絞緊了繩子。大龍回來了，他爸爸走過去把鞭子交給他，說，「你把車趕到打穀場去，我在地裡還有些事要做。」

「行。」孩子說著接過鞭子。他以前趕過載莊稼的車，所以一點沒懷疑什麼。

看著他兒子三角形的背，唐虎意識到這孩子幾乎成人了。這更讓他感到他得及時下手。天助我！

讓事情幹成了吧。

馬車輕輕晃了一下，在田裡開始移動。一切似乎都很正常，其他人又回頭去幹活兒了。唐虎站在那裡，看著馬車搖晃著朝路上走去，心裡嘀咕爲什麼那辣椒還不管用。車上的穀捆一上一下地顚簸著，然後車上了路面。當馬車正朝著一個斜坡下行時，領頭的那個雜色的公馬。猛然一衝，其他的馬也開始撒蹄狂奔，車上的莊稼堆劇烈地搖晃起來。

「救命啊！」孩子的喊聲撕裂了空氣。

人們嚇呆了，一下子沒緩過神來，唐虎一言不發，就朝顚奔著的馬車衝去。「快去救人！」有人喊起來，幾個男人緊跟在唐虎後面跑過去。

高高的莊稼深猛地沿山路衝下去。馬蹄聲，車輪聲和孩子的喊聲漸漸小了下去。拐了幾個彎後，馬車消失了，聲音也沒有了，只聽得見馬的嘶鳴。唐虎沒命地狂奔，張著嘴直喘，他覺得自己的腦袋快要炸了。他感到四周金星亂迸，一股血腥氣從嗓子眼衝上來。別的社員被遠遠甩在後面，驚訝他跑得如此之快。

馬車翻倒在一個小山谷裡，莊稼捆被撒了一地，有幾個掛到了蘋果樹上。車輪旁邊躺著大龍，他眼睛閉著，嘴裡往外冒著血沫。血也從他的鼻孔裡流出來。唐虎衝到兒子身邊，抬起他的頭，孩子呻吟著，已經沒什麼氣了。他的胸腔被碾碎了。眼淚迸出了唐虎的眼睛。他意識到兒子已經沒指望了，他得結果了他。他朝四周看看，找不到一塊石頭，然後他看到了那個木樁子，有一半仍插在穀捆裡。他撥出它來，兩隻手舉著掄起來，朝大龍的腦袋打下去。

「住手！」後面有人朝他喊。「別那麼做，唐大叔！」

聲音嚇住了唐虎，木樁子落到地上，他兒子立刻就斷了氣。兩個男人拽住唐虎，其他人則抬著孩子往村裡跑去。人人都在責備唐虎的壞脾氣。不管他對兒子惹的這禍生多大氣，大龍畢竟是個十四歲的孩子，在農活上是個新手；唐虎沒有任何理由像那麼揍他。再說，孩子都快死了，沒有哪個做爸爸的能去打一個垂死的兒子。見死不救簡直喪盡天良呀。有人認爲唐虎就是用那根木樁打死了大龍。

埋了大龍，玉珍和春霞在當天就回了杏村娘家。她不能忍受丈夫的狂飲暴食。他甚至把家裡僅有的隊裡允許養的四隻雞也殺了，吃了。沒人明白唐虎爲什麼連兒子都沒了還這麼起勁地吃喝。現在全村都在議論唐虎的壞脾氣和殘忍。

第二天上午兩輛北京吉普停到唐家門前，一幫警察跳下來，圍住院子。其中有兩個提著駁殼槍進了門。唐虎一見他們，就知道離開的時候到了。他戴上了頂軍帽，第一次在腰裡繫上寬皮帶。他對來的警察不屑一顧，把他們當成自己的衛兵。過不了幾天他們全部得向他唐將軍敬禮。兩個警察被他鎮靜的外表唬住了，朝旁邊讓了讓，沒給他上銬子就讓他走出去，他們跟在他身後。

唐虎吸了口新鮮空氣，心中漲滿了快樂。遠處，彩色的雲朵在樹梢上翻滾著，隱現著，眞像千軍萬馬在戰場上前進。他停下來，瞇起眼睛，聽見衝鋒號吹響了，戰鼓擂了起來，一片鏖戰聲，廝殺聲，甜美的女聲唱起了凱歌，絲竹管弦和著酒杯的叮噹聲，對大將軍的歡呼聲，爆竹聲和禮炮聲。他聞到了火藥和烤肉的香味。

「哈，哈，哈……哈……」他仰天大笑，朝吉普車走去。他從沒像現在這樣覺得自己是個男子漢。

選丈夫

陳紅走進麗蓮家住的那條窄巷時，一隻流著血的公雞落到她跟前，撲騰著，雞毛飄落在地上。四個小男孩奔過來，有的手上舉著刀，有的拿著斧頭，「殺，殺了牠！」一個男孩叫著，但他們誰都不敢靠近那隻脖子已經被砍斷了一半的公雞。

麗蓮寬大的身體出現在巷子裡，手裡拿了把菜刀，喊道，「小子們，快結果了牠，別讓牠受罪！」她大步走上前來，一腳把撲騰著的公雞踩住，最大的男孩舉起斧子，把公雞的頭剁了下來。

看見陳紅，麗蓮就鬆開腳說，「我在幫他們殺雞。他們家大人不該讓孩子來做這種事，太過分了，血弄得到處都是。」

「我聞到血腥味了，」陳紅說，然後兩人一起走進麗蓮家。

「我爸媽不在家。」麗蓮用閒著的一隻手拍拍陳紅的胳膊。她把菜刀一剁，立到案板上，上面有一堆白菜葉子，是她剛剛正剁碎了要餵鴨子的。她在臉盆裡洗了洗手，就帶陳紅進了她的房間。

一進去陳紅就告訴她，彭海的媒人又來催了。她問麗蓮有沒有聽到誰能當公社副主任的消息。麗蓮的爸爸是列車員，每星期要去縣城三四趟，他可能會比別人先聽到消息。

「沒有啊，我還沒聽到什麼。」麗蓮轉了轉她的大眼睛。

「我該怎麼辦呢？」陳紅嘆著氣，把她纖細的手擱在大腿上。

「我要是你，就挑彭海。」

「爲什麼？」

「我們還不知道他們誰會當上主任，不是嗎？那我們就當他倆現在一樣，對吧？那彭海看上去比馮平好。」

陳紅笑了，鼻梁上的皮微微皺了起來。「我可沒覺得他好。」

「啊，我忘記給你看點東西，」麗蓮拍了一下手，走到桌子前，打開抽屜，拿出一張巴掌大的剪報。「看看這個，你就會有不同想法了。」她對陳紅露齒一笑。

陳紅一看，是一篇從《婦女衛生與健康》雜誌上剪下來的文章，題目是〈新婚之夜別害怕〉。她低了頭讀，這篇文章用得體的口氣向未婚的女讀者描述了初夜失去處女膜的體驗。「開始會有點兒疼，」作者寫道，「但別害怕，跟他說輕一點，漸漸你就會感到從未體驗過的快美感。」

「你讓我看這個幹嘛？」陳紅的臉紅了。

麗蓮笑道，「告訴我，是像這樣嗎？」

「什麼樣？」

「快美感。」

「見你的鬼，我怎麼會知道！」陳紅朝她撲過去，揮起拳頭，她的杏仁眼晶亮地眨著。

「行啦，行啦，我信你，小尼姑。」麗蓮躲開她。「天哪，我眞希望我們倆誰能知道才好。」她說得很認眞。

「你爲什麼這麼說？」

「只有經過比較，我們才能知道誰更好，對吧？」

「我不懂你的意思。」

「老天爺，你也太天眞了，假如有好多人追我就好了，我就跟他們都試一次，可惜我爹媽沒給我一張像你那樣的漂亮臉蛋。」

「別說傻話了。」

「眞的，」麗蓮板著臉，「我要是你，我就跟他們倆都做一次，然後挑個好的。」

「不，不，太不像話了。你知道，你要是跟一個男的睡過一次，就擺脫不了了。你記不記得有個女孩上吊死了？因爲她原先的男朋友把他們做的事說出去了。假如我成了破鞋，就沒人要娶我啦。」

「我不過是說說，可你肯定得考慮身體的部分，是吧？」

「我怎麼能知道呢？」

「瞧，這就是我為什麼說你得做啊。」

「不，我不能。」

「至少你可以想像他們誰更行，是吧？我說的是身體。」麗蓮又轉了轉她的眼睛。

「見鬼，麗蓮，你的心思太髒了。」陳紅掐住了她的胖腮。

「別呀，我說的是實話，放手，放手！」

陳紅鬆了手。「說實在的，」麗蓮說著揉了揉腮幫子，「我覺得彭海好些，他個更高些，更結實。」

「我眞難呀。」陳紅嘆氣了。

陳紅從麗蓮家出來天已經黑了。一輛蒸氣機車從遠處拉響了汽笛，沿街的高壓電線就發出了輕微的鳴響。陳紅想著自己朋友方才的那番話，不禁露出笑容。麗蓮在男女的事情上就是懂得多，儘管她在學校時從沒得到過好分數，一個數學老師總叫她「榆木腦袋」，正是麗蓮在中學時告訴陳紅怎麼樣能懷上孩子。她還直截了當地說，「你爸對你媽就這麼幹了，才生出了你。」在她的啓蒙前，陳紅還一直以為，一個女的假如和一個男的坐在黑黑的電影院裡，就能懷上他的孩子了。

跟麗蓮不同，陳紅十幾歲時從不喜歡男孩子，在她眼裡，他們全是壞蛋，六年級時，她來了月經，她看見血嚇得叫了起來。「媽，我流血了！」她媽笑瞇瞇地對她說，「現在你是個大姑娘了。」然後就遞給她一捲紗布。

第二天在體育課上，學生圍著操場跑步。陳紅突然覺得有東西從她的褲腿裡掉了出來，她嚇得發抖，幾乎摔倒，回頭一看，後面的男孩正把一團沾了血的紗布朝她踢過來，還笑著，嚷著。正在這時候，下課鈴響了，她趕緊跑回教室，伏在課桌上，把頭埋在臂彎裡。但男孩們卻不放過她。半分鐘後，一群人擠在窗口，叫道，「壞妞，」「破鞋，」「不要臉，」「破瓜。」其中有個男孩，拿了一根竹竿，上頭就挑著那個紅紅的證據。幾個平時恨著她的小一點的女生，也跟著起鬨。彭海和馮平也在這群人裡。陳紅痛哭著，不敢抬頭。後來老師跑來了，奪過竹竿，叫道：「不許笑她，你們這些傻瓜！」那女老師使勁抽著竹竿把學生轟走，竹竿都被抽斷了。

當天下午，陳紅在家喝下了一瓶「滴滴涕」，幸好被她媽媽及時發現，把她送到公社衛生院洗了胃。那時她父親還是公社書記，所以學校領導對這事件的處理非常得力——那個舉著竹竿的男孩被開除了。

要說男孩們總整陳紅，那是不公道的。當他們上唇的絨絨黃毛在高中時漸漸變成鬍鬚時，陳紅的課桌裡經常會收到一塊巧克力，一個蘋果，一只梨，或一個石榴，有時甚至還有熱乎乎的烤紅薯。送東西的人都不留姓名。每次陳紅都把這些小零食交給老師，老師就拿回家給自己孩子吃。這些男孩子簡直厚顏無恥，陳紅被他們煩得要死。她覺得，他們向她獻殷勤主要是衝她有個掌權的爸爸來的。她越是漠視與逃避他們，她在那些男孩子眼裡就越貞潔可愛。在高中的最後一年，她成了校花，不是公開選的，而是男孩們暗中認定的。天哪，他們怎麼能讓她清淨呢。

她父親死於骨癌之後，陳紅家的生活就改變了。她父親以前的許多下級不再把他們家放在眼裡。在她父親過世兩年後，陳紅家被通知搬出幹部家住的大院。陳母去求一些以前的朋友出面幫忙，卻沒人肯爲她去說情。現在這母女倆充分體會了手上無權的難處與羞辱。有些年輕人追求陳紅，向她提親，她就對媒人說她不想結婚，可她媽勸她，「假如我明天嚥氣，見不到你找個好丈去，我是不會閉眼的。」每個女人都得結婚，如果不結婚，人們就會覺得她不正常。

由於陳紅對那些追求者一個都不喜歡，她就計較起他們的級別來。她記得父親做歇馬亭鎮領導時，她們家過得多體面風光啊。全家還曾經坐了俄國造的吉普車到大連去玩，那司機對她父親順從得像哈巴狗一樣。她想讓那些人、特別是恨她藐視她的女孩，再次仰了頭看她。於是，那些沒有什麼官銜的追求者，一看苗頭不對，便自動放棄了。馮平和彭海是最後剩下的人選。他們知道，陳紅想嫁給當上公社副主任的人，儘管他們倆倒都是候選人，但他們誰都沒法讓自己立刻就被當選。他們只有催陳紅在他們升官之前做決定。

馮平的媒人劉阿姨，兩天以後也到陳家來，要她們給最後答覆。端著陳紅給她倒的茶，上了年紀的劉阿姨轉身對陳母說，「我們不能再等下去了，你們得在兩三天內給個準信兒。」她把茶杯往桌上一放，聳了聳消瘦的肩。

「能再給我們一個星期嗎？」陳母問。

劉阿姨嘆道：「只有在他提升前答應嫁給他，才能證明你家陳紅對馮平有感情，他要的是感情。」

「你去告訴他，見他的鬼去。」陳紅說著，薄薄的嘴唇撇了起來。

「閉嘴！」陳母打斷女兒，對劉阿姨說，「她被慣壞了，她不是這個意思。」

「當然不是，姑娘家在她終生大事上的話那能信呢，所以才要我們做長輩的替她們張羅，你們可得快給信兒啊。」

終於，陳家同意三天後給答覆，陳母見女兒沒有一點兒感情偏向挺煩惱，在這種無法拿主意的情形下，唯一可以依靠的只有自己的心了，陳紅卻什麼感覺也沒有。把她逼急了，就說，「我不想嫁人，行不行？」她太錯了，她怎麼也得從這兩個出眾的年輕人裡挑一個做丈夫，而這兩人，全歇馬亭鎮的女孩子都不要命地想嫁。陳紅心裡也知道不該失去這個機會。就像老話說的：過了這村就沒這店了。可她打心眼裡厭惡這件事，心裡奇怪人們爲什麼把結婚稱爲「紅喜事」，喜從何來？

由於沒法選定，第三天上，母女兩個決定抽籤定分曉。陳母在兩張紙條上分別寫下「馮」「彭」，然後把紙條團成小球，放進一個茶杯，用手掌蓋著杯口，搖了搖，把紙團倒在光潔的炕面上。「紅兒，拈一個，用心啊，你拈著的這個就是你丈夫了。」

陳紅閉上眼，用她纖細的手指捏著紙團，她的臉白了，嘴唇彎彎地抿起來。「好，我要這個。」她把它遞給媽。

她媽打開一看，「不，你拿錯了！」那張紙上是個觸目的「彭」字。

「沒啥，」陳紅說，「我就嫁他好了。」

「哦，我怎麼從骨子裡覺得彭海當不了主任。」

「現在說還嫌早，媽。」陳紅想到的卻是，麗蓮會為這個選擇高興的。

當天，陳紅的決定就在鎮上傳得家喻戶曉，彭海得意極了，對他而言這是個好兆頭。他覺得自己的脊梁骨比以前更硬了，腳下走起路來虎虎生風。當然他並不知道陳家是怎麼決定的。自從他知道陳紅不是個壞女孩，而那一捲帶血的紗布不過是證明她健康正常，他愛戀的目光就從沒有離開過她。接著要做的是下一步——訂婚，他沒有被最初的勝利衝昏頭腦，打算從簡辦理。因為在他仕途的關鍵時刻，他得牢記毛主席的教導，「我們必須謙虛謹慎，戒驕戒躁，就是說，夾起尾巴做人。」

他讓媒人鄭阿姨到陳家去打招呼：訂婚儀式不打算鋪張，但婚禮會照規矩風風光光地操辦。陳家覺得挺合理，事情就談妥了。

訂婚宴設在八一建軍節，就在彭海家，只請了幾個客人。除了兩家的家庭成員，請的是豐收化肥廠的書記和廠長，彭海父親是那個廠的推土機手。還請了媒人鄭阿姨，同時送了她一塊呢料子作爲「一點小意思」。因爲老太太做媒沒要這戶有出息人家的錢，表示她樂意白給他們幫忙。可惜訂婚宴那天她病了，沒能來吃酒。

在席面上，彭海忍不住老對陳紅微笑，她就朝他瞪回去。他的眼睛大得讓她想到牛眼。他夾了一個雞腿放在她盤子裡，筷子從他手裡滑落下去，叫她注意到那手眞大，還青筋畢露的。

開始，兩張桌上還很斯文，能聽到的話只是「吃，嘗嘗這個，」「又鮮又脆」「好魚，眞肥啊。」但幾杯高粱酒下肚之後，男人們的聲音就大了起來。化肥廠的領導們談起了廠裡幹部和工人的分房計畫，又高又大的馬廠長一邊打著一隔，一邊用手指頭蘸了酒在桌面上畫平面圖，肥胖的劉書記則不停地說，他眞爲孩子們高興，因此今天要開懷暢飮。說完他又用手掌捂著他的厚嘴唇，想起來這還不是他們的婚禮呢。不過，沒關係，到十月一號，這對年輕人進洞房的日子，他可以眞正開懷喝一頓。

上年紀的人不斷地搖頭，感嘆日子過得太快。彭海和陳紅在中心小學做小學生，彷彿還是昨天的事。可一眨眼，他們都長大成人了，不久就會有他們自己的孩子了。

陳母從來不喜歡彭家，她不時地掃彭老頭和那位未來的女婿一眼。他們大杯地灌著烈酒，把痰吐到桌上的菸灰缸裡，彭母甚至當著客人的面嘬刀魚腦袋。彭海有一個弟弟和一個姐姐。他姐把不到一歲的女兒抱在懷裡，而她那個在登沙河工作的丈夫在一邊咕嚕咕嚕地往下灌金星牌啤酒。這時，陳紅在一點一點地抿著蘋果酒，臉色粉紅，發亮，使她看上去眞像個新娘子。她喜歡吃炒木耳，她的筷子不斷地把木耳夾到她的小嘴裡去。

「啊，」馬廠長叫著站起來，還沒來得及跨出去，就吐了出來——一股黃色的液體濺落在炕沿和地面上。彭母立刻到廚房去端來一碗醋給他解酒。陳紅拿來了掃帚和簸箕打掃穢物，彭海的姐姐也過來幫忙。

「老彭，」劉書記說著拍拍推土機手的肩，「你有個多好的兒媳婦，瞧她已經幹上活兒了。彭海是個有福氣的小子，娶這麼個好姑娘。」他咯咯笑著，轉身對馬廠長說，「老馬，你眞不行，一杯就放倒了。」

「來，咱喝！」馬廠長的臉漲得通紅，他舉起陳母用的杯子，裡面還剩著些飲料。

彭海馬上往杯裡倒上些涼水，馬廠長和劉書記碰了碰杯，一飲而盡。「好酒，」馬廠長說。

兩個杯子立刻又滿上了，裡面倒的東西不一樣，他們就這樣一起喝了四杯。

三分鐘後，灌了一肚子涼水的馬廠長說要去解手，劉書記也站起來要跟馬廠長一起到街對面的公共廁所去，他說不想弄髒彭海家後院裡的廁所。他顯然也要吐了。彭海伸出一隻手去扶他。劉書記擋住他的手說，「還是去關心你的新娘子吧，小主任。別把她丟了哈哈……」他跟上馬廠長步履踉蹌地朝大門走去。

陳母說劉書記這人不大有數，有一次在酒席上竟吐到縣公檢法主任的皮鞋上了。彭海他爸摸了摸他那隻在朝鮮戰場上被美軍彈片擦傷的右耳同意說，這兩位領導老是喜歡喝過頭。陳紅只覺得透不過氣來，馬廠長吐的消化了一半的食物酸味直衝她的鼻孔。她開始疑惑，她怎麼能和這樣的蠻漢生活在同一個屋頂下，悲哀充塞了她的心，她想哭，直後悔選中的紙團。爲什麼她非得選個丈夫呢？她並不需要像彭海這樣的男人，寧可做老處女，也比跟他和這麼個家庭生活在一起好。

她對這樁親事越想越心碎，就往嘴裡大口地塞著雞胸脯肉，那是擱在一邊給那兩個領導留著的。她還把那盤紅燒梭魚拿過來，一塊接一塊地大嚼，不理會她媽在桌下踩她的腳，也不理會彭母在一邊斜著眼看她，她只想吃，吃，吃，假如可能，她要把彭家所有的東西吃個精光，假如他們不喜歡她，謝天謝地，那現在就解除這個婚約。

她不時地瞪著彭海，但對他來說，她生氣的眼睛更顯得可愛，活像開著的蓮花。他顯然也醉了，一直對她肆無忌憚地笑著。

馬廠長突然衝進來，大口喘著說，「快，幫我去拉住劉書記，他在街上跟每個人都握手，還叫一頭驢『同志』。」

彭海和他爸跌跌撞撞地站起來就往門口衝，但沒等走到出門，彭海就吐到門檻上了，他腿打著抖，一邊往門外跑，一邊用袖子擦著嘴。

「豬！」陳紅在牙縫裡說。她媽在桌下掐了一把她的大腿。

下個星期鄭阿姨到陳家去了兩趟，問新娘子打算向彭家要什麼禮物，婚禮定在十月一號，只剩七個星期了。她們得趕快把禮單開出來。陳母說她也不知道該要些什麼，得跟女兒商量才行，而陳紅最近又特別忙，這星期在百貨商店裡加了好幾次晚班，趕著把一些棉布賣出去。這個老媒人明白，陳家其實是看彭海當不當得了副主任，如果他當上了，她們可能就不要什麼了，因爲這年頭權力比金錢財物更貴重。

縣黨委關於提升的決定在第二個星期六下達到公社。一聽到被選上人的是馮平，陳家母女放聲大哭。陳紅哭得那麼響，讓街上的過路人都聽到了。一群孩子聚在窗臺前看這麼一個大姑娘一把鼻涕一把眼淚地在炕上扭著，臉苦得好像腫了起來，瀏海貼在她蒼白的額頭上。孩子弄不懂這家人遇到什麼禍了。

「她肯定是肚子疼，肚子裡有蟲子，」一個男孩說。

「不是，她丟了手錶。」

「怎麼不報告警察？」

實際上，陳紅禁不住在想另一個人，一個她唯一喜歡過的人。三年前，她在一場對豐收化肥廠的排球比賽中看見他，她不知道他叫什麼，光聽說這個隊從瓦房店來。看他打球時，她真想摸摸他四方的臉，心怦怦直跳。他算不得英俊，但看上去非常可愛單純。在此之後，她並沒有設法去打聽他，也沒跟任何人說起她對他的感覺。她只覺得自己太傻，太不現實，就努力去忘記他。不知怎麼的，這會兒，那張年輕的臉突然出現在她面前，攪動著她的心。

陳母出來把孩子轟走了。雖然她止不住自己的眼淚，卻也並沒有去責怪女兒當時沒聽她的話。木已成舟，這該死的彭家，她眞希望這家人壓根兒沒存在過。

麗蓮這天晚上來，兩個朋友就談到馮平提升的事。儘管麗蓮很理解陳紅的感受——活像一下子傾家蕩產了，可她還是覺得彭海比馮平要好。這想法讓陳紅來了興趣。「你是說彭海將來會升官的？」她問。

「沒指望了。」麗蓮搖搖頭，「跟你說句實話，他當幹部的路可能就走到頭了，因爲馮平現在壓在他頭上，不會讓他出頭的，他肯定把彭海恨透了。一個男人什麼都可以原諒，但不會原諒殺了他爹和偷了他老婆的人。」

「那你怎麼還說彭海比他好？」

「你看馮平那個樣兒，猴子似的，彭海至少在長相上有些男子氣。」

「我看他們都一樣，彭海是個猩猩。」陳紅嘲諷道，同時揉了揉胸口，好像她被自己的話刺傷了似的。

這一來，禮單大大地增長了，除了八套衣服，六條緞被，一個電視機，一輛鳳凰牌自行車，一支上海牌手錶以及其他昂貴的東西外，陳紅堅持要大宴賓客，至少要請五十桌。她可不是那種隨隨便便就能到手的姑娘。她媽倒覺得這樣的排場沒有必要。「你知道，好孩子，何必這樣呢，太花費了，羊毛出在羊身上——你和彭海兩個過後會背上債的。」

「我不管，假如我跟他過不下去，我就去死。」

禮單上的東西彭家都答應了，只是酒席不太好答應。這不僅因爲他們得借錢辦（當然，按習俗，客人來喝喜酒都要送禮，他們操辦酒席最後不會吃虧，甚至還會有盈餘），而是因爲目前上面反對大操大辦婚事。只有農民們還敢照樣在結婚時大肆鋪張，因爲天高皇帝遠，上面管不到他們。可彭海是個二十三級的國家幹部，就不能這麼做了。

可新娘子非常堅決，說這是一輩子一回的大事，就得熱熱鬧鬧地辦。鄭阿姨在兩家來來回回跑了兩三次，彭家最後還是妥協了。

十月一日，國慶節早晨，陳紅穿了一件紅花的衣服，騎著新的鳳凰牌自行車，麗蓮和一位叫明明的百貨公司營業員做伴娘，陪著陳紅去彭家。在車後座上她們載了不少陪嫁的東西，主要是衣物。大宗的物件，像衣櫃，兩只箱子什麼的已經在前幾天運到新郎家裡去了。陳紅媽在一小時內也會過去。婚禮在彭家的院子裡辦，只隔了幾條街。

這天天氣很好，百里無雲，微風習習，幾隻金鶯在柳枝上跳躍啾鳴。新娘子和伴娘們在路上受到幾個趕車人的致意，他們呼叫著，甩著響鞭，還有一群小男孩跟在後面，做著猥瀆的手勢，叫嚷著，「慢點兒走，新娘子，明天晚上你就要有小寶寶啦。」

「這小寶寶是你爺爺。」麗蓮喊回去。陳紅和明明一聲不響只管騎車。

酒筵下午兩點半就要開始。因爲不少客人從三十里外的鄉下趕來，他們要趕回去，只好放棄婚禮中最精彩的部分——晚上鬧洞房。婚禮由劉書記主持，他上衣口袋的鈕洞裡插了一朵紅色的紙花，倒像他是新郎似的。他說得很簡短，然後祝這對年輕夫妻健康長壽，白頭偕老，子孫滿堂。

接下來新郎和新娘唱了兩首歌，〈東方紅，太陽升〉、〈幸福不忘共產黨〉。放鞭炮時，糖和炒花生撒向空中，讓孩子們去搶。他們擠著搶著，活像一群啄食的雞。有人想讓新娘新郎共吃一只用線吊在空中的蘋果，這樣，新郎和新娘不得不把他們的嘴唇湊在一起才能咬到一口。馬廠長出來打圓場說，「這會兒先不做這個，等酒席後吧。」他還提醒人們，晚上還有不少精彩的活動，於是那些遠道來的鄉下客人們就更失望。不過，從那兩個爲喜筵搭起來的鍋灶飄來的烹飪香味鼓舞著他們。他們的眼睛簡直離不開那四個戴著白帽子的廚師。兩隻褪了毛、開了膛、砍了頭的豬倒掛在廚棚的後面。

陳紅一想到鬧洞房就發抖，這些粗人什麼都做得出，而且光是耐著性子給這些長輩平輩們湊趣就足夠讓她累死了。她記得在報上讀到過一件事，在鄉下的一個婚禮上，由於鬧洞房鬧得太厲害，洞房的牆倒下來把三個男人壓死了。她把這心事告訴麗蓮，麗蓮答應一晚上都陪著她，哪個男人敢碰陳紅，她決饒不了他。

炸鯉魚和燒整雞已經端上了方桌，第一道菜是筍炒里脊，放在像小船似的盆子裡端出來。客人們都急著想看看他們能喝到什麼樣的酒。「看見那邊的那些大缸了嗎？」一個鄉下後生說，「操他娘的，我以爲裡面裝的是啤酒，原來裝的是醋和醬油，差點嗆死我。」

另一個人咯咯笑道，「活該，誰讓你去偷著喝了？」

「他們肯定爲這酒席花了好幾千塊吧，咂—咂—咂，」一個上年紀的人說。「每樣東西都弄得富富裕裕的。」

突然，後門被打開了，一支步槍出現了，跟著進來一幫民兵。「不許動！」一個高個的指揮用一隻電喇叭命令道，他的另一隻手舉著一支駁殼槍，「這個酒筵被取消了！」

一整連的民兵衝了進來，每個人都全副武裝，腰上挎著四枚手榴彈，還背著裝滿了水的水壺。彭海走過去跟他們爭辯，那個指揮就命令他手下的人，「把這個新郎倌兒看住，別讓他跑了。」然後他對驚呆了的客人們說，「現在沒你們的事兒了，可以走了。」

沒人肯離開。有些人給彭家或陳家在喜宴前就送了禮，還有不少人爲了這頓酒席早飯和午飯都沒有吃，因此都不走。接著，他們看見一面大紅旗在磚牆背後獵獵地朝後門飄著過來，還傳來了孩子們高唱的「破舊立新」的歌聲。

不等唱完，就見一幫學生分子湧了進來，差不多有三百來人，每人手臂上都戴了個紅箍兒。那個民兵指揮對著電喇叭說，「紅小兵同志們，你們今天的任務是消滅食物，你們必須把這個舊的封建習俗吃個乾淨。開始！」

立刻，孩子們分成五十個小組，圍著桌子開始向那些菜肴發起進攻。他們連筷子都懶得拿，直接就用手抓著吃。他們的腮幫子鼓了起來，咔嚓咔嚓大嚼。他們每一口都螫疼了彭海的心。突然，彭海跳向一邊，衝進廚房，四個民兵尾隨著，叫道，「站住，站住！」

彭海操起一把炒菜的大鍋鏟，朝最近的一張桌子砸了過去。他想砍倒幾個這些小狼崽子，但沒等他搆著他們，四個民兵就抓住了他，把他按在地上，奪下了鏟子。「我借的錢呀，我借的錢呀！」彭海咆哮道。

屋裡和屋外女人們哭了起來。陳紅跌坐在地上，過了幾分鐘她爬了起來，藏到一個草堆後面。彭海的父親還算清醒，央求他的領導們出面調停。劉書記和馬廠長走到那個民兵指揮前，找他說話。五分鐘後，他們回來了，搖著頭。「是馮平派他們來的，」劉書記告訴彭海他爸。馬廠長插嘴說，「他太過分了。」他們都不敢再多話，因爲馮平現在是他們的上級。

這時，有些客人看到酒席已經根本吃不成了，開始離開。然而，還有些人實在是餓壞了，不肯輕易就走。他們砸碎了裝醬油和醋的大缸，把杯子、盤子、碗打碎了一地。

「馮平，我操你祖宗，一個個全都操！」彭海仰面朝天，叫了又叫。

雖然麗蓮也在咒罵馮平，她沒失去理智，還記得自己的責任是伴娘，不像明明已經逃之夭夭了。她注意到陳紅溜到草堆後面，便留著心，但當她半小時後到那裡去找新娘時，陳紅竟不在了！「陳紅，你在哪兒？」麗蓮叫道。她的聲音讓其他人想到了這位嬌弱的新娘，哪個姑娘受得了這種打擊啊。陳母急瘋了，對著那個民兵指揮哭叫著，徒勞地撲上去。她想把他揪到公社黨委去說理，但那人只不過對她輕蔑地看看，他手下的人把她拽開了。

這時陳紅淚如泉湧，正朝著老人路上的一口井跑過去。她沒臉再見她媽和婆家人了，這個災禍是她給彭海和自己找的。彭家在這頓酒席上花了四千元，現在一分錢都收不回來了。所有的東西都被那些小學生吃掉了。噢，她和彭海還不清這筆債了，這種日子簡直比死都不如。她想也不肯再想下去，就縱身跳下了黑乎乎的水井。她吃驚地發現，這井並不像她想得那麼深，水只勉強齊胸，但冰涼徹骨。她摸摸自己的大腿，臀，肚子，胸口，脖子，知道自己身體的每個部分都還是好好的。當她意識到自己離死亡不過只差著一步時，不禁顫抖起來。假如她是頭朝下跳進來的話，她就會頭撞在石頭上摔死了。她往四周摸索著，覆蓋著青苔的井壁很滑溜，根本沒有可能爬上去。

一會兒，一只鐵皮桶下來了，撞在石壁上發出叮噹聲。陳紅知道這是做晚飯的時候了，這口井馬上就要忙碌起來。她把身體靠住井壁，避免擋著那個汲水的桶。那桶在水面上飄了一下，就栽入水中，滿裝著水被拎起來，然後升往井口。接著，又有一只桶下來了，也打滿了水升上去。陳紅抬頭想看看是誰在上面，卻只能看到打水人那兩隻藍衣袖。

她想起來，這口井爲三條街提供飲用水，澡堂街還有一口井，那裡水比這個井的水還甜。兩年前，在鐵匠街的一個姓唐人家的女兒帶著她的女嬰跳到那口井裡淹死了，爲的是她丈夫和公婆罵她沒給他們生出男孩來。那些一直喝那口井水的人家從此一直都在咒罵這個年輕女人。有那麼多尋死的法子，她爲什麼偏偏要選這口井？因爲裡面淹死過人，沒人肯再從那裡打水喝了。現在只有不多的幾家人開始用那口井裡的水洗洗東西。陳紅感到一陣痛苦襲來，如果她死在這兒，她會成爲一個不得安生的鬼，上面的那些人都得咒她。接著她想到她媽。她眞是不孝，她父親臨死前曾要她好好照顧媽媽，可她把這些全忘了，竟做出了這麼傻的事。她哭了起來，把鼻涕擤在水裡。又一只桶下來了，陳紅屏住了呼吸。

地面上在大規模地尋找新娘。麗蓮跑到馮平的辦公室，當著他下屬的面痛罵他。起先，馮平想叫人把她拖出去，可一聽說她已經在他媽跟前告了他——老太太正在家等著他回去罵他，還有陳紅失蹤了，馮平便發不出火了，並且開始擔心起來了，汗珠從他窄小的前額冒了出來。顯然整個事情弄過火了，如果陳紅結果了自己的性命，他會一輩子不得安生的。這麼好的姑娘，她不該在彭海這樣的流氓手裡走上絕路的。馮平的細眼閃爍起來，他對麗蓮說，「別再怪了，行不行？我們得抓緊去找陳紅。這太糟糕了，我希望她不會出事。」然後他抓起電話命令民兵們出動搜索歇馬亭以及周圍每個危險的山崖，溝壑，深坑，岩洞，一旦找到她，馬上向他報告。

那些在彭海家院子裡的民兵們立刻改變了態度，和這家人一起開始尋找新娘。他們到火車站和鎮上的六座橋都去找了，把附近的玉米地和樹叢也搜了一遍，附近村子裡的每個水庫也都查過了，可還是不見陳紅的影子。一批批的人空著兩手回來了，彭海不住嘴地咒著馮平，揚言如果他的嬌妻出了什麼事，他將平他的祖墳，滅他的親族。

天差不多全黑了，半輪月亮給瓦頂、樹梢、街道罩上了一層藍色的輕紗。燈泡一個接一個地亮了起來，孩子們在街上玩著捉迷藏。彭海一家，陳母和麗蓮還在繼續尋找，但民兵們已經回家吃飯去了。那口裝著陳紅的井已經被看過，朝裡喊過幾次，可陳紅把身體貼在起伏不平的井壁上沒有回答。她不知道是誰在上面，不想在出來時被人圍觀。儘管她已經渾身打顫，胃因爲飢餓和害怕痙攣起來。

終於，傳來一個熟悉的聲音，「陳紅，你在下面嗎？」

「對，我在這兒，麗蓮！」

「我的天，你在那兒啊，你傷著了嗎？噢！」

「沒，我沒事。」

「等著，我們拉你出來。」

「回來，麗蓮，回來。」可麗蓮已經跑去找人幫忙了。

幾分鐘後，彭海，陳母帶著繩子和一只大桶來了。彭海一邊把桶往井裡放，一邊抽泣著朝井裡喊，「陳紅，你沒事吧？你爲什麼這麼禍害自己，這不是你的錯……」他滔滔不絕地說著，從沒這麼話多。

陳紅爬進大桶。「我進來了，拉吧，」她喊道。

她的腳一踏上水泥的井臺，彭海就一把抱住了她，痛哭失聲。「就是天塌下來，你也不該這麼做，沒有你我怎麼活呢？」他不顧她渾身水淋淋的，把她抱得那麼緊，好像生怕還會失去她。她感到他的胳膊和胸膛是那麼溫暖，那麼有力。她放鬆了自己，緊靠著他，彷彿蜷縮在一張舒服的床上。

麗蓮用一塊白手帕替她擦著臉。

「我的小冤家，你怎麼忍心丟下媽呢！」陳母一邊用毯子裹她一邊說。她的淚止不住地往下淌。

陳紅百感交集，說不出一句話來，街道在月光下發著光，烤紅薯的香味在空氣中飄盪，惹得陳紅的肚子咕咕作響。他們一起朝新房走去，那裡將會有一個平安而靜謐的初夜。

春風又吹

下午在丈夫的葬禮上，蘭蘭哭得太厲害，昏過去了二十來分鐘。生產隊幹部安排了一輛牛車把她從墳地拉回家。一到家，她把一歲的兒子凱兒往炕上一放就在他身邊躺下了。不久，她的抽泣平息下來，她開始盤算著明天早上回石屯娘家。

她不明白自己爲什麼會這麼傷心。當然她懷念丈夫，可她拿不準自己是不是愛他愛到傷心欲絕的程度。他們結婚後，幾乎每個星期都吵架。現在，這一切都結束了。兩天前她丈夫在修屋頂時從房上掉下來，在一只大缸沿上摔斷了脖子，當場就斷了氣，沒給她留下一個字。

外面，一隻母雞在咯咯地叫。這是那隻黑的，蘭蘭對自己說，現在有四十六個蛋了，記著煮上十個明天帶在路上。

雞蛋讓她想起丈夫死時肚裡是空的，這又使她的淚水湧了上來。雖然他經常打她，可他們還是湊在一起過日子。就像老話證明的那樣：「一夜夫妻百日恩」。他們睡一張炕有二十四個月了，怎麼說也是互相拴在了一起。此外，他還給她留下個結實的兒子，跟他像是從一個模子裡倒出來的。

我怎麼這麼倒楣呢？她問自己，我還年輕，才二十七歲，就守寡了。從現在起，這個家裡裡外外的事都得由我來張羅，給凱兒又當爹又當媽。

她的心彷彿被撕裂了，讓她又抽泣起來，對著枕頭嘟囔道：「小寡婦，小寡婦。」

天黑了下來，新貼的玉米餅子和炸豆醬的味道充滿了海巢村。不時可以聽到羊叫和豬的哼哼聲。蘭蘭沒做飯，不過她明白還是要吃點東西好奶孩子。躺在幽暗的房間裡，她想到同村的愛蓮只不過做了一年的寡婦就又嫁人了。可人家愛蓮是村子裡的美人，她提醒自己，我可不能跟她比呀。

她聽見門呀的一聲。「誰？」她大聲問，卻沒有回答。肯定是條狗吧，她想，外屋沒留下什麼吃的，她懶得起身。

突然，門簾挑開了，一個男人跳了進來，「別出聲，」他低聲說，手裡舞著一把刀。

她本能地轉過去摟睡著的孩子，「不許動！」那男人厲聲說。

她愣住了，盯著他。他是個小個子男人，瘦而蒼白，頭髮又長又亂，圓圓的眼睛裡透著淫邪。雖然害怕，她還是竭力開口問道，「你想幹什麼？」

「我要你的大腿。」他獰笑著，露出兩顆缺損的牙。他靠近了命令道：「脫下褲子，別弄出聲音來，不然我捅了你和那個小王八蛋。」他用刀指了指孩子。

她的右腿抽筋了，然而她服從了他，慢慢地解自己的腰帶。

「快，你這母狗！」他把刀戳進她的褲腰，一下子拉開個口子。他右手把刀往木頭的炕沿上一戳，左手伸過去抓了把她肚皮上的肉褶，然後他用兩隻手拉下了她的褲子和褲衩，一把扔到地下。

她想喊叫，但看到那把刀就不敢出聲了，只能無奈地躺在炕上。

那人在解他的褲子。「你要是弄出聲音來，我捅了你，明白嗎？」

她點點頭，一個字都說不出。他聞上去有一股青草和泥土的味道；他的腹部扁平而帶毛。

「瞧這粗腿，」他說著擰了把她的臀部。「我還以爲今兒會有運氣，是這麼個醜八怪，眞倒楣！這肥奶子。」他用手指順了順長鬍鬚。「得了，我只能有啥是啥了。」他拽著她的奶子，把另一隻手按上她的肩膀。

他把她的奶頭噙在嘴裡，開始進入她，同時淫蕩地哼著。憤怒在她心中湧起，她的手慢慢地向刀移去，抓著了，拔出來，舉著就朝他的肋骨刺下去。「啊！」他喘著跳起來，傷口撕裂開來，刀彈了出去，咔啷一聲撞在牆上。這時她的手突然感到了一股熱乎乎的血。他朝門口踉蹌了幾步，接著她聽到外屋撲通一聲。

凱兒哭著醒了，她摟過孩子就往外衝，尖叫著，「救命！救救命！救命啊！」

在她前面，鴨子和雞直撲騰、打轉。兩隻小公雞飛起來，落在茅坑的頂上。

村裡的人納悶極了，不知道發生了什麼。只見蘭蘭懷裡抱著孩子，跑到街上，尖叫哭喊，還只穿著上衣，下身什麼都沒穿。一些男人又笑又咂嘴。鄰居王大娘把蘭蘭拉到自己家去，給了她一條褲子穿上。人們湧到蘭蘭家，發現她外屋裡有一個半裸的男人，褲子褪到膝蓋那兒，頭埋在灶臺邊的玉米秸裡，光屁股正衝著屋頂。有幾個漢子踢了踢他，他歪向一邊，已經沒氣兒了。裡屋地上，一道血線一直蜿蜒到炕沿兒，在光滑的炕面上還有紅紅的一堆。一把大刀橫在牆角，看著還挺值錢，一個男孩就悄悄地拿了攏進衣袖裡。整間屋子聞著像賣魚的鋪子。顯然，當他挨刀時，這男的和女的肯定是在做那個事。沒準還是那個新死丈夫的鬼魂出來干涉的吧。

怎麼偏偏就在他丈夫下葬的這天另一個男人會出現在她家？而且蘭蘭和那個男的都光著下身？他們一起上床了嗎？更讓人困惑的是，村裡沒一個人認識這人，他是誰？爲什麼他專挑蘭蘭家而不去別人的家？照蘭蘭的說法，他是個強姦犯，那他怎麼會知道她家今天沒男人？他倆的眞實關係是什麼？誰都說不出，似乎在他們之間應該有些什麼，這不可能是一個巧合。

在生產隊辦公室裡，大隊支書錢恆，大隊長張谷很不安。根據蘭蘭的樣子和陳述，他們相信那個死了的人是打算強姦她，儘管他們還不能確定蘭蘭說跟他不認識是否是實話。他們向她詢問時，她一直不停地哭，根本不能把事情講清楚。最撓頭的是，那個男人已經死了，現在她隨便講什麼都只是一面之辭，沒人能證明死者是強姦犯。

「別再為證據煩心了，老錢，」張隊長說，「我們拿不出證據的，人已經死了。要緊的是知道他是誰。」

「這倒是。」

張隊長手上端著茶杯，穿過走廊到另一屋子給歇馬亭的民警打電話，錢支書則留在辦公室裡捲著一支菸。在另一間屋裡，蘭蘭又哭起來，說自己眞丟人，要自殺。幾個女人在輕聲說話，試圖安慰她。錢支書嘆著氣，吐了口煙。他和蘭蘭剛死的丈夫是朋友，知道他們這一對日子過得吵吵鬧鬧的，而且自從蘭蘭嫁到這個村後，他就一直不太喜歡她。

張隊長回屋，嘆了口氣。「有什麼消息嗎？」錢支書問。

「今晚鎭上就沈力一個人在。他們得明天早上才能過來。」

「那個死了的人他那兒有什麼線索？」

「他說他們那兒收到一份尋人啓示——董才的侄兒丟了，是一個神經病。」

錢支書嚇了一跳，因為董才是公社副書記。「他知道那瘋子啥樣？」

「知道，小個兒，穿著條絨褲子。」

「糟了，」錢支書一拍大腿，「就是他。」

「我們惹下禍了。」

錢支書站起來走進另一個屋裡，張隊長跟過去。一見他們，蘭蘭畏縮著，低下了頭。「你知道你把誰殺了？」錢支書問，不等回答，他又說，「你殺了董副書記的侄兒，一個瘋子。你個該死的，喪門星。」

蘭蘭又哭開了。

「你怎麼這樣說話？」王大娘責問，她是錢支書的表姨。「她當時能做什麼？你個昏了頭的小子，要是有個陌生的男人壓在你老婆身上，你讓她做什麼？」

「不管怎麼說，她不該殺了他，」錢支書說。「現在，他死了，她不能證明這個案子，得去坐牢了。」他搖搖頭。

「我們回去，跟他辯沒用。」王大娘說著攙住蘭蘭的胳膊，她們站起來朝門口走去，另外兩個女人也跟著走了。

屍體被移到隊辦公室一間倉庫裡，用稻草蓋住，還派了三個民兵晚上在門口留守。支書和隊長都回家去了，他們認爲還是離這麻煩遠著點好，把它留給民警去處理吧。

這天晚上蘭蘭和凱兒待在王大娘家。恐懼加上疲憊影響了蘭蘭的奶水，她居然不出奶了。平時那兩注湧泉眞叫她驕傲，把孩子餵得像吹起來的氣球。有時她的奶水多，她丈夫甚至得幫著吸吮來減輕她乳房的脹痛。可現在，凱兒用僅有的兩隻牙狠狠地咬著她乾乾的乳頭，嚎哭著。王大娘給了她一大碗大米粥，蘭蘭就拿它來餵孩子，自己則吃了兩個地瓜。

凱兒很快就睡著了，可蘭蘭在炕上不停地翻身，她擔心明天會有什麼壞事兒等著她。他們眞要把我送去坐牢嗎？她問自己。他們肯定會，我殺的是個重要人物呢。眼淚順著她的臉頰又淌下來。假如我坐牢，凱兒怎麼辦？噢，我怎麼是這麼個背運的女人啊？今天才埋了丈夫，明天我就得去蹲黑牢了。這是誰的錯？我是自衛啊，不然那人會殺了我的，可他們就是不信。噢，這叫什麼日子，眞慘啊，禍事一件接一件。

你活該，她咒罵自己，才埋了丈夫，你就開始候算多快能再嫁人了，就開始想別的男人了。活該。現在你可有個男人了，甩都甩不掉。不要臉，沒男人就過不了。

這自我譴責的話倒讓她好受了些，她的肚子不時地咕嚕咕嚕叫著，她不停地抹著眼淚，直到睡過去。

第二天清早，王大娘陪著蘭蘭回到她自己家。外屋的地上留著幾大塊乾了的血，王大娘用一把煤鏟把它們鏟掉；又用筐弄來一些新鮮的土塡在那幾處鏟過的地方。她和蘭蘭用腳把土踩實，然後用水和抹布去擦炕上的血跡。由於炕面是用油紙糊的，她們沒費多大事就把血跡擦掉了。收拾好這些，王大娘便離開了。屋子裡還是有一股腥味，蘭蘭就打開所有的窗子。

蘭蘭用一根繩子一頭拴在窗框上，一頭拴在凱兒的腰上，防止他從炕上摔下去，然後她開始做玉米餅子和糊糊。她不斷告訴自己得吃東西——這將會是長長的一天。奇怪的是，雖然她知道自己可能會判去坐牢，可不知怎麼在她心裡，卻又感到整個事情不會變得這麼壞。她努力著盡量把事件往壞裡想，可還是覺得他們晚上會讓她回家。她到屋外去餵雞鴨和小豬，一見到飼料——切碎的蘿蔔纓子和糠麩打在一起，那些家禽家畜們喧騰起來，甚至惹得剛好路過的鰥夫鮑老漢——王大娘的妹夫——在大門口站住了觀看，還吹起了口哨。蘭蘭不敢抬眼望他，他長了一張歪嘴。

她剛吃完飯，來了兩個年輕人，要帶她到大隊部。他們說民警馬上就到了，她得立刻跟他們走。她把凱兒留給王大娘照看，就跟他們走了。她沒法讓自己不去想怎麼受審，便開始嘔吐起來。她不得不在路邊停下，蹲下身去吐了幾分鐘。一站起來，才走了幾步，她的右腿又抽筋了。兩個民兵只好一路拖著她走，好像是拖一個反革命分子去批鬥大會。她呻吟了一路。

當他們到了辦公室門口，兩個民警已經在裡頭了。一個壯實的中年人——是派出所主任朱明——朝她迎上來。叫人驚奇的是，他對她面露笑容，還伸出了大手。「祝賀你，」他聲音清楚地說。

蘭蘭糊塗了，不敢把手伸出來。所有的大隊領導都站在民警們身後，對她笑著，一絲惡意都沒有了。她呆愣地看著他們。

「祝賀你，蘭蘭同志，」朱明又說，湊近了些，她便把手伸給他。他握了握，然後說，「我們今天早上聽縣公安局說，有一個犯人逃竄到我們這個區來了，兩天前他在登沙河強姦了兩名婦女，昨天你殺的人就是那個在逃的罪犯。同志，謝謝你了，你幫我們除掉了階級敵人。你一定被嚇得夠嗆，請原諒我們來晚了。」

蘭蘭一句話也說不出來，跌坐到地上。然後，她對隊幹部哭喊著：「我告訴你們這不是我的錯，可你們不信。」她張開嘴直喘，踢著腳，用手背去擦眼淚。「他死了，人人都怪我。你們全都欺負我這個剛死了丈夫的苦命女人。哦，我到哪兒伸冤去！」

錢支書紅著臉走過去對她說，「蘭蘭，別再難過啦，這已經都過去了。那人不是那個神經病，我們弄錯了。你做的是件好事，我們都爲你驕傲。」

張隊長便叫一個年輕人推過來一輛大金鹿自行車，送她回家。

雖然這樁案子破了，可蘭蘭沒覺得好到哪裡去。一星期內就有兩個人死在她家裡。她除了是男人的剋星，還能是什麼？誰還敢靠近她？她知道村裡人就是這麼看的，她可能要長期守寡了。她朝鏡子裡看看，發現自己比以前更像她上了年紀的媽；她圓圓的眼睛變大了些，兩個黑圈兒出現在她的眼睛周圍，她的嘴有點耷拉下來，嘴唇呈雞心的形狀，只剩下鼻子還算小巧好看。一根變灰了的頭髮從她的前額冒了出來，她捏住了它，拔下來，還是根挺長的頭髮。她把它往地下一扔，想起一句老話：「笑一笑，十年少，愁一愁，白了頭。」

這天晚上，王大娘來了。她坐在炕沿上，把凱兒放在腿上，用頭一次次地去撞他的肚皮，胳肢他，凱兒咯咯地笑個不停。蘭蘭給王大娘倒了杯開水，在炕的另一頭坐下。

跟著，老人家跟她透露了心裡的想法，她想讓蘭蘭考慮和鰥夫鮑老漢結婚。

儘管王大娘說他們是天生一對，蘭蘭還是忍不住皺眉。他都快五十了，她想，對我來說太老了，她是在拿我開心呢，他都能當我爹了。

王大娘似乎看透了蘭蘭的心思，說，「蘭蘭，別嫌他老，看看他走路的樣子，他在地裡幹活的力氣，他那大手和寬肩膀，甭跟我提他老了。哦，好傢伙，他的胃口啊，一頓能吃下一盆麵條……」她住了口，後悔提到他的胃口，因爲沒女人喜歡飯量大的男人。她就加了一句，「男人老一點知道疼人，你明白吧。」

「王大娘，我想想吧。」蘭蘭說。

「行，不急，我們等你的信兒。」

等老太太走了，蘭蘭覺得累，決定先不馬上回娘家。她寧可在家再待幾天，恢復恢復體力。

第二天晚上，王大娘又來了。從那時起，她幾乎每天都來，陪著凱兒玩，幫蘭蘭做些家務。蘭蘭不喜歡她這樣，不久，她就對老太太厭煩了。她是對老太太挺感激，也會做些什麼來報答她的，但不會急急忙忙地跟她的妹夫結婚。當然，她也知道因爲村裡人把她當成喪門星，不會有什麼男人對她有興趣，但她爲什麼不能等等呢？她沒那麼不值錢，什麼男人都可以將就，甚至嫁給鮑老漢那樣一個乾老頭。她也沒有那麼軟弱，家裡沒男人就過不了。總有一天她會結婚的，嫁個男人甚至比她先前的丈夫還好也說不定。只要她耐心等待，事情總會有變化的。誰知道呢，春風會又吹起來的，她對自己說。

一星期以後，一個中年的記者到了海巢村。他的任務是報導蘭蘭的英勇事蹟。他在她家採訪了她，聽她從頭到尾講述了事情的經過。大隊領導們陪著這記者一起來了，錢支書不斷地說她是個村裡的模範妻子。

蘭蘭不明白爲什麼殺了人——雖然那是個土匪一樣的惡人——會這樣光榮。她可絕不再幹第二次了，不，給她一萬塊錢她也不幹。她坦白告訴他們，「我當時嚇死了，現在還嚇得要死。我把那天穿的衣服全燒了。到了晚上，我老看到外屋裡有個黑影子。有時，我會尖叫著醒來，就像有人騎在我身上。哦，天哪，我現在還能在這屋子聞到他。」

那位記者溫和地笑了笑，說，「別再害怕了，你會很快甩開這些的。」他記下她說的話。

她注意到他長長的手指，黑色的自來水筆飛快地移動著，吐了一個又一個字。她沒見過這種男人的手，顯然沒碰過任何農活。村子裡也沒有任何一個女人家，寫起字來像行雲流水一樣。

當她往他們茶杯裡添水時，她偷偷盯了那記者一眼。他長得挺帥，臉龐白皙，有一張嘴角上翹的嘴和直直的鼻子，大大眼睛是雙眼皮。他處處都和她所認識的這些鄉里男人不一樣。她發現自己的呼吸奇怪起來，而且忍不住常常朝他看。

採訪結束了，來人都站起來準備走。蘭蘭請他們留下來吃了午飯再走，說給他們做麵條吃，還要放上海蠣子。可張隊長說隊上的廚房裡已經備下了飯。她知道他們會有酒席吃的，就沒再堅持。

他們走出屋子，那記者謝了她，還跟她握了握手，他的手又光滑又溫暖，她目送著他們走出了大門，看出他比其他的人長得高，步伐很輕快。

「蘭蘭，你上報啦。」四天後當她們在甜菜地鋤草時，愛蓮叫起來。

「真的？上面怎麼說的？」

愛蓮給蘭蘭和圍過來的村民們讀了縣裡《紅星報》上的文章，題目是〈一位勇敢的婦女和優秀的妻子〉。文章描述了蘭蘭怎樣和一個逃犯搏鬥以保護自己的貞操；她又如何地勇敢堅定，與那個人扭打捅死了他。文章最後還提出一個請求：這麼優秀的婦女應該受到獎勵，就像一個士兵由於出色的戰鬥表現而立功或升級那樣。

田裡的社員們都向蘭蘭表示祝賀。可她覺得有點兒困惑，她沒那麼好，當她捅那個土匪時，她根本就沒想到她的丈夫，就更別說要爲他——已經死了的人——保護自己的貞操了。可她什麼也沒說，因爲她相信那個很帥的記者肯定是在暗中幫她，她不能表現得好像不感恩似的。儘管她似乎很平靜，可她已經不能專心鋤草了，她的鋤頭時不時地把小苗鏟斷。她暗中責罵自己，並踢了一小簇雜草蓋住倒下的甜菜。

從這天起，那些隊領導們都對她十分關心起來，他們問她要不要幫忙給她的自留地播種，她家的豬娃需不需要騸[1]一下。還說無論有什麼做不了的事，她只管跟他們說。一星期後，另一篇文章又登出來了，而這次是登在省裡最大的報紙《遼寧日報》上。上面表揚蘭蘭是跟階級敵人作鬥爭的模範，就像題目說的那樣，〈年輕婦女制服凶惡罪犯〉。目前，省委正在發動一場全面打擊刑事犯罪的運動。文章號召所有的公民都要以蘭蘭爲榜樣，參加這場打擊罪犯的運動，好給人們創造一個和平的工作、學習和生活環境。

現在蘭蘭有名了。縣委就她的事跡發了個文件，指令人事處給她安排個好工作，並讓派出所給她報戶口，這意味著她能算城市居民了。只過了幾天，她就接到通知說把她安排在金縣的五金店裡當營業員。一個月六十塊錢的工資，比通常的起薪高出了百分之三十。此外，她將轉成永久的城市居民。

沒人能想到有這麼好的運氣從天上掉下來。王大娘對這事挺不高興，因爲蘭蘭一直沒給她答覆，而且看樣子是不會再考慮這件親事了。現在這個小寡婦溜出了老太太的手掌，鮑老漢打算娶她的機會泡湯了。一天早上蘭蘭隔著牆聽見王大娘在罵一條狗，「你這個不恩不義的畜生。」蘭蘭不理她，因爲她媽聽到事故後已經住過來幫她，她的乳房又充滿了奶水，從此她跟這個忌妒的老太婆就沒什麼瓜葛了。王大娘終於暴露她的眞面目，黃鼠狼給雞拜年沒安好心，蘭蘭對自己說。

兩週後，全國最大的報紙《人民日報》也發表了一篇關於蘭蘭的短文章。其中不光表揚她的美德和勇敢，還提到她得到城市戶口和新工作，雖然這份工作要花兩個月後等一個老職工從五金店退休才能是她的。這篇文章給她帶來了祖國各地寄來的上百封信。十多個男人在給她的信中還夾了照片，跟她求婚，這些人大部分是部隊的戰士或鄉下的農民。他們並不計較她的長相，因爲他們已經知道她是好樣的——一個貞潔、健康的女人；他們不圖別的，只圖一個有道德、能幹活的妻子。有的男人甚至說他們會待凱兒像待自己兒子一樣。

蘭蘭驚訝突然有這麼多男的要娶她，準備給她一個好家庭。一生中她第一次感到中國眞是一個了不起的國家，從不缺少男人和女人。可她媽頭腦很冷靜，對她說，那些人除了賞識她的美德和健康，大部分人的眼睛盯著的是她的城市戶口和高薪水的工作。他們希望自己的後代也能做城裡人，因爲根據政策，生出來的孩子自動跟著母親的戶口走。她告訴蘭蘭，男人從來只追有利可圖的女人，就像蒼蠅盯著血一樣。結果，她媽幫她挑了個靠得住的人，他父母家在鄰村，人在金縣的國營飯店裡當廚師。婚禮安排在中秋節，到那時，蘭蘭就已經搬進城了。

有時，她還會忍不住想到那個很帥的記者，她很後悔沒問他的名字，這念頭常讓她的胸口有點發緊，但她努力不讓它來干擾自己的頭腦。暗中她把他當成自己的恩人，一個正直的君子，甚至是一個聖賢。現在，春風是吹起來了，她得到了遠比自己期待更多的東西。你可不能太貪了，她一直告訴自己。再說，那個人肯定有他自己的家庭，也決不會想得到她──一個簡單的鄉下女人。不管他是誰，她都希望他多子多孫，幸福美滿。

---

1 閹割。

復活

「你這該死的東西，」福蘭罵她男人魯漢。「全牛村都知道你跟我妹妹睡覺了，你讓我怎麼見人。」

魯漢一聲不吭地吸著煙袋，小眼睛黯淡無光，額頭上的皺紋一直伸到太陽穴，還不到三十的人，近來變得厲害，看上去像有五十了。福蘭把四個月的兒子從她鼓鼓的乳房拽下來，掉了個頭，把另一個乳頭塞到他嘴裡。「不要臉，管不住自己雞巴，種馬都知道不操牠妹妹呢。你怎麼不出去找一棵樹吊死算了？」

魯漢眞想跳起來對著她吼，「你當你妹妹是好貨，早就是個破瓜！母狗自己不搖尾，公狗哪會騎上她。」但他待在板凳上，一動不動，咬著自己的厚嘴唇。

「行，」她接著又說，「你裝聾子吧。明天我就帶了豹子回娘家，你臉皮厚就來接我們娘兒倆呀，看我爹我兄弟不活剝了你。」

魯漢站起來走進薄暮中，他明白跟她吵不管用，她腦子裡一旦有了個念頭，他說什麼都白搭。再說，他能說什麼？在老婆懷孕時他去睡她妹妹，實在理虧。他已經後悔得要死。咒了自己無數遍，但事情已經做了，他現在只能自食其果。

花生棵子在微風中簌簌作響，昆蟲在涼下來的夜氣中顫聲叫著。魯漢在大桑樹下的碾盤上坐下，一扇寬肩塌著，兩條短腿僻著。他長長地嘆了口氣，自言自語道：「你自找的。」

他開始考慮該怎麼悔過，重新做人。前一天大隊支書趙明義已經讓他準備坦白交代，明天晚上他得上大隊部去，接受隊領導的審查。他倒不怕挨罵，自己不吱聲，由他們罵就是了。他擔心的是，如果他的檢查不能讓他們滿意，他們可能會批鬥他，把他當壞分子遊街。這一來，他自己和這個家就都完了。他得小心別把那些領導惹毛了。眼下他先讓著福蘭，由著她折騰，他得去應付外界的壓力。等把外面的事情搞妥當，再回頭來整頓這個家不晚。

第二天吃過早飯，福蘭收拾好了，要帶上孩子回棗莊娘家，她跟村裡的馬車回去。那輛馬車正要去棗莊給隊裡的雞場拉花生餅。她上車前，魯漢給了車把式老楚一包玫瑰牌香菸，求他在路上照應好他的老婆孩子。老楚聞聞那包菸，笑瞇瞇保證：「娘兒倆一根汗毛都傷不著。」

他們一走，魯漢直接就到村南邊的黃豆田裡跟社員們一起鋤草。

中午他沒生火，吃了兩塊冷玉米餅子和醃蘿蔔，餵了雞鴨，母豬和小豬，又下地了。一整天他不停地抽菸，想著那個快要逼近的審查。幸好，他的爹媽已經過世了，如果還活著，他幹的這樁醜事就能使他們送命。他還慶幸福玲沒落在隊幹部手裡。不然的話，他們還得審查她，拿他說的每件事跟她對證。一個月前，這件醜事暴露後，她跑到黑龍江姨家去了。在北方男人比女人多，那兒每個女人都嫁得出去，甚至還有兩兄弟合娶一個老婆的。聽說福玲到那兒不久就跟一個中年退休軍人定了親。

晚上七點，魯漢來到隊部。門開著，房裡的收音機正播放著歌曲〈抬頭望見北斗星〉。魯漢進了門，卻不敢往裡走，站在門口等候指示。趙書記，大隊長王平，還有蕭文書正坐在桌子旁抽菸喝茶。趙書記叫魯漢面對他們坐下，文書關了收音機，屋裡就靜下來。魯漢能聽到幾隻蒼蠅在嗡嗡地飛，這叫他想起毛主席的幾句詩，「小小環球，有幾個蒼蠅碰壁，幾聲淒厲，幾聲抽泣。」

審查開始了。趙書記指著牆上毛主席像下面的一條標語，命令魯漢：「把上面的話唸給我們聽。」

「坦白從寬，抗拒從嚴，」魯漢抖著聲音說。

「好，」趙書記接著說，「你了解黨的政策，我就不費吐沫星子跟你解釋了。我們怎麼處理這個案子全在你的認罪態度。」

魯漢被「罪」字嚇了一跳，私通算個罪嗎？他問自己。應該是吧，那麼他們要拿我當罪犯，當階級敵人對待了！冷汗從他額頭上冒了出來，他意識到自己非得沉痛悔過才行。

「說說，你什麼時候和林福玲發生不正當關係？」王平問。

「去年秋天，」魯漢說。肖文書把一支筆在墨水瓶裡蘸蘸，開始做紀錄。

「一起幹過多少次？」

「記不清了。」

「好好想。」王平的眼光錐子似的扎在魯漢臉上，讓他微微發起抖來。「說，多少次？」

「大概有二十次。」

「你倆上炕多少次？」

「嘿……一次。」

「怎麼就一次？」

「我們那口子總在家，只有那一次她進城賣雞去了，我們才睡到熱炕上去。」

「哪天？」

「我記不住準日子了，是去年冬天。」

「你老婆懷著孩子的時候？」

「是。」

「你要不要臉！」王平捶起了桌子，「你女人為你挺個大肚子，還要給你上集賣雞，你倒抽空兒在家裡操她的妹妹。你說你是不是人？」

「我眞後悔啊。」魯漢低下了頭。

「後悔，晚啦。」王平叫道，然後他把頭湊近魯漢放低了聲音問：「你爲啥這麼幹？」

「不知道，我管不住自己。」

「這不是管住管不住的問題。」趙支書插嘴說，「是因爲有太多資產階級思想在你腦子裡作怪。雖然你是貧農的後代，可是這些思想腐蝕了你的頭腦，讓你犯下了罪。」

「是，是這樣，」魯漢承認說。

「說說，你爲什麼跟你老婆和她妹妹兩個都幹。」王平又回到這個話題上來。「她倆有什麼不同？不是同一口鍋裡的菜嗎？」王平的暴突眼上下打量著魯漢的臉。

「不知道，說不上哪兒不一樣。」魯漢被問糊塗了，不過他說的是實話，他從沒想過那兩個女人的區別。

「好吧，我們先從第一次開始。第一次在哪兒？」王平問。

「在水庫邊上的高粱地裡。」

「具體點兒，說說你倆在那兒怎麼見的，誰先做，都說了些啥，做了些啥，從頭到尾地說。」

「我想不起來那些個了。」

「魯漢……」趙支書語調嚴肅起來，「你壓根兒在迴避問題，我勸你放明白了，這態度對你不利，只會讓我們對你採取必要措施。」

「是，我說，我說。」

「那就一樁樁地說，」王平接上來。「誰信你忘得了第一次呢。」

魯漢的眼淚淌了下來。「我是記不清了。」

「行啊，那就說說誰先脫褲子的？」

「嗯……她脫……脫了我的。」

「瞧，你記得多清楚。然後她幹了什麼？」

「她，她……」

「別囉哩囉嗦的。」

「她把我那傢伙放嘴裡了。」

支書，隊長，還有文書全笑起來，但馬上又板起了臉。

「她說什麼了？」王平問。

「記不住了。」

「我們知道你肯定記得，不想說，是吧？」

「沒，我沒……」

「說。」

「她說，說……」

「說什麼？」

「她說，『我就……喜歡這塊肉。』」

他們哄堂大笑。魯漢直發抖，臉上掛滿汗珠，一股寒氣順著脊梁骨竄上來，他知道自己說多。村裡馬上就會傳開，連鄰村的人都會知道。他丈人家聽見了還不羞死了，非得把他剁碎了不可。

「說說，你那口子也跟你這麼幹？」王平問。

「沒有。」魯漢搖頭。

「瞧，這就是區別嘛。我剛才問你怎麼吃上一口鍋裡的菜，你還說不知道，這就是不老實，跟我們撒謊。你怎麼能指望寬大處理呢？」

魯漢又是擦淚又是擦汗。他恨自己惹下這麼大的禍——他的家破了，他還可能成爲反動分子。所有這些麻煩都因爲他沒管住自己的雞巴，不考慮後果，他怎麼就不能等到老婆把孩子生下來呢？他的女人可比她妹妹俊多了。活該，誰讓他這麼飢不擇食。

趙支書對王隊長耳語了幾句，他們顯然是要到另一個地方開會或吃飯去，王平點點頭轉身對魯漢說：「今晚先到這兒，這才是開始，可你不夠坦白。回去寫檢查，把你們每一次見面都給我細細地寫出來。別故意落下什麼，你玩什麼花招我們都能一眼看穿，明白嗎？」

魯漢看看王隊長，又看看趙支書，臉緊張地縮起來，又勉強擠出一個苦笑。

「我們知道你能寫，」趙支書說，「你是咱牛村少有的幾個初中生。你要不能寫就沒人能寫了。」

「是啊，要不你整天別著這玩意兒幹嘛？」王平說著指著魯漢前胸口袋上插著的金龍牌自來水筆。然後他轉臉對文書說，「小蕭，把紙和筆給他。」

蕭文書上前把五搭信箋，兩瓶藍墨水，三個新筆管，一小盒筆尖放在魯漢面前，說，「都是你的了。」

魯漢拿了文具，站起來，鞠了一躬，戴上帽子往門口走去。

已經兩天了，魯漢還停留在檢查的第一頁上。他上初中時作文的確寫得不錯，還得過一次論植樹重要性的優秀作文獎，但他從沒寫過這種東西。再說他也拿不準什麼該寫進去，因爲無論他寫了什麼都得放進檔案袋裡，將來拿出來還能找他的麻煩。此外，隊領導們肯定會把他寫的東西傳得全村都知道。現在就已經有人知道他兩天前說的話了。今天早上他在村頭割鵝草時，老楚趕著馬車經過，甩著鞭子哼著：「我就喜歡這塊肉！我就喜歡這塊肉！」他恨透了老楚，眞想奪過他的鞭子，把他抽倒在地上，抽得他斷了氣。他後悔給過老楚一包玫瑰牌香菸，值兩毛三分錢呢。

現在他不能再多說了，這是性命交關的事。他能想像他的四個大舅子、小舅子由他的岳父領著，揮著鐮刀和鋤頭到處找他，甚至另外兩個小姨子也會上來抓他咬他。從現在起，他寫下的每個字都得想好了。

而另一方面，如果他不能讓隊領導滿意，他們就會任意處置他，把他當犯人對待，這樣可以警告那些違抗他們的人。或者，他們至少會用勞動改造的名義罰他每天多幹活。不管他怎麼寫，他都不能兩邊討好。

他懊惱得要命，又開始罵自己，後悔自己不該跟福玲私通。一欠考慮就捅出這麼個亂子，叫自己日子都沒法過了。要是他不迷戀女人就好了。佛教講得有理，淫欲是罪惡之源。他朝自己胯下看，詛咒起自己的雞巴來：這個小混蛋從來就只管自己快活。

明天晚上他就該交檢查了，可連第一頁都沒寫出來。他已經引了很長一段毛主席語錄，用了很嚴厲的話批判自己，講了講他醜事中的自由主義傾向。而這些只不過是檢查的開頭，他至少還得寫出好幾張來才成。他捶著腦袋，不知怎麼往下寫。

想了幾個鐘頭後，他決定寫下上炕的那次。他開始寫自己怎麼在豆腐坊前看著福蘭拎著雞出門，他怎麼從東頭的水井裡擔了兩桶水回家，回來後見福玲已經脫光了躺在炕上等他。她讓他閂上門，他就閂了。開始他還有些不自在，後來就不管了，跟她做了那事。

他努力寫出了三頁，用清楚的字跡謄出來。他把這稿子大聲唸了兩遍，自己覺得還挺不錯。

第二天晚上他把檢查拿到隊部去，希望能夠在領導面前過關。還是那幾個人在等他，跟上次不同的是，這回有一缸熱茶擱在他面前。

趙支書把檢查掃了一遍，遞給文書讓他唸出來，因爲大隊長不識字。趙明義點了根香菸，把一口煙朝魯漢噴去，他的細眼盯在魯漢灰黃的臉上。魯漢顫抖著，把臉轉過去。

蕭文書一讀完，王平就站了起來，指著魯漢的鼻子說，「這是他媽的什麼檢查？操你祖宗的，放了三張紙的屁！你拿走五搭子好紙，就交上來這麼三張屁話。你是想認罪不想？」

「想，我想，對……對不起，我還得學怎麼……怎麼寫。」

「不過你檢查中有一句話寫得眞實，」趙支書插嘴說。「你知道是哪一句？」

「不知道，請指示。」

趙支書拿過檢查讀道，「我擔了水回來，見她躺在炕上，精光赤條的，活像一根新鮮的大人參。」

他把檢查丟到桌上又問，「你知道我爲什麼說這句好？」

「不，不知道。」

「因爲這句話說出了你當時見到的，感到的。」

「對，」王平說，「趙支書說得對，就照他說的那樣去寫，不許耍滑頭。」

「我們給你一星期，」趙支書有板有眼地說。

「回去吧，」王平吩咐說，「把二十次都想起來，詳詳細細地寫，怎麼也不能少過一百頁吧。」

魯漢吃力地站起來，往門口走去，連鞠躬都忘了。他頭重腳輕，耳朵裡有蚊子似的嗡嗡作響。他搖晃著走出隊部。

他吃力地寫著檢查，每晚只睡三四小時。這麼幹，他也只寫出五頁，還不知道是否夠標準。他當然還是不敢告訴他們所有的細節，這會毀了他小姨子的前程，這裡的領導肯定會寫信告訴福玲那邊的黨支部。如果大家知道了他們在玉米田裡、在草堆裡、在樹叢中、在豬圈後、在沒人住的房子裡幹的那些事，誰還肯娶她呢？再說，細節詳細的檢查也會毀了他自己的家——他老婆就再也不肯帶兒子回來了。他算是幸運的，頭胎就生個男孩，政策不允許生第二個了。他的好運已經遭人忌妒。比如大隊長王平，只得了個孫女兒。他身爲大隊領導，又是黨員，沒法讓他兒媳婦再生一個。要是他領頭違反規定，人人就會照著幹。這些王八蛋們，他們就見不得別人比他們好。

魯漢的眼睛因爲在油燈下寫檢查都熱紅了。雖然他恨透了自己，卻也不停地在想別的法子擺脫困境。他知道自己決不可能達到領導的要求。一百來頁？那是本書啊。然後他們還會抄好多份，讓全村的人都讀，沒準讓全公社的幹部都讀。他又不是作家，也沒機會去做作家。就算他是，他也不敢寫這麼本書啊。可時間只剩兩天了，他得交檢查，拿什麼去交呢？怎麼辦，唉，他怎麼才能找到一條出路呢？

他想到給領導們送禮，但他眼下沒錢，要等到年底分紅他手上才能有現錢。而且這些領導不會肯接受他許諾的，現在離年底還有四個月呢——遠水救不了近火啊。可是一件事不停地從他腦子裡掠過，他想起來了：聽說望海岩上的周武寺在毀了八年之後現在要重新開放。那座廟是過去爲了紀念民族英雄周武建的。這位英雄在一百多年前帶領中國軍民燒毀了日本的海盜船，把他們趕下了海。現在爲了激勵中國人民的愛國熱情，政府打算重修這座廟。魯漢聽說這廟已經在修復，馬上要招收和尚。

苦海無邊，回頭是岸。魯漢想，爲什麼不去試試？好哇，把這事撇一邊去，我就上山當和尚吧。這一來，這些麻煩全沒了。他們肯定不能破廟抓人吧，這會違反黨的宗教政策，讓他們惹火燒身。只要當了和尚，我會有時間學習，吃的穿的也都不愁，那就不用再操心人間的事了。農活我反正也幹夠了。累死累活地幹到頭，碰上年頭不好，連現錢都分不到。福蘭有她的去處，我有我待的地方，哪怕她跪著求，我也不回來，叫她嘗嘗守活寡的滋味。

假如我不喜歡待在廟裡呢？得了，眼下管不了那麼多，廟裡如果不好，就再回來。誰能強迫人做和尚？別浪費時間了，趕緊走。藏起來一段時間，過了幾個星期也許他們對這事兒的興趣就淡了。至少，我到那裡可以有時間想想用什麼新辦法對付他們。

毛主席的幾行詩句又出現在他腦子裡，「多少事，從來急，天地轉，光陰迫，一萬年太久，只爭朝夕。」對，走，在這兒拖得越久，麻煩來得越多。

他起身抓起筆在一張空白紙上寫下：

敬愛的領導：

我已經認識到自己的根源，決定當和尚去。我熱愛國家，感謝黨，但我覺得自己在咱村沒臉見人了，所以我得走，上山出家，到那裡我會繼續進行自我批評，自我改造，努力學習，獲得新生，再見，尊敬的同志們。

罪人魯漢

請告訴我老婆我走了，讓她回來照管這個家和豬。非常感謝。又及

他把幾件夏天的衣服裹在一條毯子裡，還帶上了他僅有的兩包大前門香菸。他把這些用一根繩子捆成個行李捲，又揣上他的十一塊私房錢。他背上行李捲，到廚房灌下兩大瓢涼水，回堂屋吹滅了燈，就走進黑夜中去。

夜裡很涼，有月亮，到處是蟲鳴蛙叫。他倒不怕遇上狼，他怕遇上的是人。對他來說這是最毒的

動物，最可怕的東西，因爲只有人才知道怎麼陷你於死地。他走得飛快，強迫自己別聽任何聲音。好在廟不遠，離牛村就九里地。走了二十分鐘後，廟已經在遠處出現了。看得見琉璃瓦在月光下閃著光，帶弧度的屋簷順山脊伸展著，直到被一大叢樹遮住。屋頂上蹲著石獅石虎，活靈活現的，像守護神似的隨時準備站起來巡視。瞧這景致，魯漢想，這是仙人才能去的地方。他加快了腳步，感到自己做了很明智的決定。不管他是什麼人，只要住到這樣氣派的廟裡來，一定會長壽快樂。沒錯，他對自己說，到那兒去，把家裡這窩心的事兒忘了吧。

他立刻感到腿腳輕快，人彷彿在空氣中振翅飛起來。半小時後他就到了廟門口，敲門喊道：「開門啊！」

一會兒，裡面傳出聲音，有人拖著腳步咳著走過來。高高的石牆後面閃現油燈的光。「是誰？」一個老人的聲音問道。

「師父，」魯漢感到心都跳到嗓子裡了，「我想跟您學佛，請開門讓我進去。」

「半夜三更的你究竟要做什麼？」

「我要做您的徒弟，請開門吧。」

隨著一聲響，廟門上一個半尺來許的方洞開了，射出一柱光。魯漢湊上去，見到一張老和尚的胖臉，灰髮茬，一雙笑瞇瞇的眼睛，紅鼻子旁邊有一個痞子。

「師父，我想當您的徒弟。」

「小伙子，」老和尚說，「我挺想多收徒弟呢，不過現在我這裡一個也沒有。這事我做不了主。」

「請收下我吧，師父，我能讀能寫，能作工，能燒飯。」

「我已經說了，我想要，可招人的事我做不了主。」

「招人？你是說我得被招進來了？」

「是，這是份工作呢。不然現在人怎麼突然都想來當和尚了。這跟找工作一樣，比找工作還不容易，等於是上大學。現在當和尚算國家幹部啦，二十四級，每月有四十三塊錢的工資。此外，吃穿都不付錢，晚上也不用住廟裡。你要願意，還能娶媳婦，在附近的村裡安個家。是一份不錯的工作吧？現在世道變啦，這裡要吸引更多的遊客，這個廟還要擴建呢。祝你好運，小伙子。」

「等等，」魯漢把他青筋突起的手放在門洞上問，「那我該找誰談？」

「找你們隊幹部，還得通過社員的選舉，至少得由黨支部推薦吧。行，祝你好運氣，希望有一天能在這兒再見到你。」小方洞關上，燈光消失了。

魯漢像被當頭打了個悶雷，跌坐在石階上，有好幾分鐘腦子裡一片空白。然後他跳起來，抓起行李捲，就想往回跑。突然又變了主意：我不能就這麼走人。這個混賬和尚自己在裡面睡覺，倒把我關在門外黑地裡。這太不公道了，這哪兒是社會主義，我得給他找上點活兒幹。他解開褲帶，褪下褲子，在廟門前蹲下，拉了一泡尿。他拉完，在口袋裡找不到紙，見臺階上湊巧有幾片玉米秸子，就撿了三塊，刮乾淨自己，直起腰來把玉米秸子都扔進廟牆內。「收著，你這沒種的胖和尚。」他喊道。

雖然拉下一堆熱糞，他還是不能冷靜下來。在回去的路上他不停地罵著：他娘的，人背運，放個屁都能扭著腰。操這座廟、操廟裡所有的新和尚們。哪天等我駕著風火輪，從天而降，燒了這些王八蛋的家，我要先燒老楚的草房和馬廄。燒，燒，燒，燒它個寸草不留。

他回到家，凌晨的露水已經把他打得透濕。他抖著手點燈時，牙齒打著顫。他吃驚地發現留在桌上的紙條已經不見了。端著燈到處找也找不到。後來又找到廚房，才在地上看見了。這肯定是風吹的，他想。慢著，如果不是風吹的呢？假如那些王八蛋已經看到了呢？

他的頭髮都豎了起來，眼前像升起了一層薄霧，模糊了一兩分鐘。他在炕沿坐下，手扶著桌角搖頭嘆氣，努力理清思路：不管他們看沒看到，我不能在這兒坐等他們來收拾我。假如他們知道我到廟裡去過了，逮著我，明天準得開批鬥會。我已經罪上加罪，就別指望寬大了，我得走，走得遠遠的。

可我去哪兒呢？去綠村的叔叔家？不行，他們準得給他找麻煩。上大王山去躲一陣？可林子裡有狼和老虎，太危險。

接著，一個念頭閃現在他腦子裡。有了，我往四鄉要飯去，不，不是「四鄉」，我要去大城市，到北京和上海。聽人說好些叫化子在那兒都發了財，腰纏萬貫的，晚上住旅店，白天上街要錢要飯。

對，我就先去北京。聰明人本該讀萬卷書行萬里路。我還年輕，出去闖闖這個世界，看看祖國大好河山，了解了解風土人情。到了北京我還可以去看看所有那些皇宮，博物館，歷史名勝，天安門廣場——世界上最大的廣場。可惜現在毛主席不再接見紅衛兵了，不然我也能在城樓上見到他那光輝的面容和魁梧的身影。

那福蘭和豹子呢？管不了那麼多了，他們在家又餓不死，不是嗎？她缺什麼可以跟娘家要。等我一有了錢，就給她買個鑽石錶，她準喜歡。一天到晚嘴都合不攏地看，然後她就不計較我做的那些事了。錢和財寶最能抓住女人的心。

「今天在家活受罪，咱就去趟北京城，」他興奮地唱起來。等著哪天我當上大官，回來一個個地抽這些領導。讓他們全都跪在地上求我。我一個也不饒，統統殺頭，哪怕他們給我一大筆錢也不行。

他想再寫個條，但又改了主意，仍把燈壓在原來那張條上。讓他們去廟裡找我好了，他對自己說，那時，我已經遠走高飛了。他出了屋，胸口一陣發緊，眼淚湧了上來。報仇啊，他告訴自己。總有一天我要滅他們的九族，血洗他們的家。他背上行李捲，轉身走入晨曦中。

兩小時後，他到了歇馬亭，直奔火車站，但並沒有買車票。從現在起他得學會不花一分錢就能得到他想要的東西。車站大廳的一個角落裡已經有四個叫化子躺著睡覺。魯漢猶豫了一下，走到他們那裡，在水泥地上仰面躺下。他把包裹枕在頭下，用軍帽蓋住臉，立刻就睡著了。儘管四周有腳步走動，有火車經過時的轟鳴聲，可魯漢渾然不覺，他太累了。

他一覺醒來已經是下午三點。所有的叫化子都走了，只剩一個老頭兒，長了一雙鑲紅邊的眼睛，靠牆坐著，腿上放了一隻空瓶子。一輛蒸汽機車在外面鳴叫著，在幽暗的大廳裡，有幾塊長方形的陽光攤在地上。魯漢的肚子咕咕叫起來，他餓了。不過他得先知道怎麼去北京。

他向那個老頭打聽車次，吃驚地發現這裡並沒有直接開往首都的火車。老頭告訴魯漢，他最好先溜上半夜開往大連的貨車。魯漢對這主意起先還摸不著頭腦，接著他明白了，如果他無票混上客車，列車員和乘警很容易就能發現他，並且會在任何一站把他趕下車。

弄清了這事，他起身去解決肚裡的飢餓問題。他不知上哪兒找吃的，就順著市場街朝鎮子裡走去。在四海魚店門口有百十來個人在排隊買東西。魯漢有些好奇，走過去看看，見地上有兩大堆的蛤蠣和生蠔放在席子上，惹得他口水都快流出來了。這兒的人活得真不賴，他想，天天都能吃到海鮮。我要能吃上幾隻生海蠣子就好了。噢，餓死了，我能把它們連殼都吃下去。

但他還是離開了，向右轉到澡堂街。空氣裡飄著炒韭菜的香味，他聞到這香味，本能地順著味道走過去。經過新生中藥店，就看見了靠右邊的勝利飯店。魯漢往門口緊走幾步，撩開用玻璃珠做成的門簾走了進去。裡面有二十來人在吃飯，但已經有兩個十幾歲的小叫化子坐在角落裡等剩飯。他也過去坐到他們邊上，想看看他們是怎麼要飯的。

一會兒，一個小叫化子站起來，走近一張桌子，桌上一個胖胖的中年男子帶了個小女孩在吃飯，她肯定是他的女兒。那男孩什麼也不說，只是把手伸在熱騰騰的盤子旁。胖男人掰開饅頭，把一塊放在那隻髒手上。另一個叫化子立刻站起來，也從那張桌子上得到一塊饅頭。魯漢如法炮製，也討到一塊。「行了，就這些，」胖男人說著，對魯漢揮揮手，要他走開。

魯漢從沒想到這麼容易就能得到吃的，只要伸出手就會要到又白又軟又新鮮的饅頭吃，味道多香啊，他從沒吃到過這麼好吃的饅頭。

接著一個斜眼的年輕女服務員走過來，端著一只盤子，裡面是一條滋滋作響的炸黃花魚。她把盤子在一個老人跟前放下，指著三個叫化子說，「你們都給我待在那兒，等客人吃完才能過來，不然你們都出去。」怪了，她這些嚇唬人的話，魯漢聽來倒更像一首甜蜜的小曲兒。眞是個仙女啊！他想。

另外還有三個端盤子的女人，她們已經有三四十歲了。在魯漢眼裡，這個年輕的女服務員簡直光彩照人，她的皮膚比剛出籠的饅頭還白。他還看了看她的手指，眞細嫩，好像透明的，還有那烏油油的漂亮瀏海兒。她眞是又嫩又俏，魯漢想。瞧瞧人家這兒吃的是什麼，山珍海味啊。有這樣的飯菜，就是一隻豬也能養得油光水滑的。

不到兩小時，魯漢肚子裡已經塞滿了涼粉，油炸豆腐，魚，蠔，豬肉，白菜，餡餅，麵條，甚至還有半杯高粱酒。他從來沒在一頓飯中吃到這麼多好東西，這讓他覺得跟過年一樣。但有一點美中不足，對，那個俏姐兒。假如他能湊近她，在那白白的手上捏一下，一定很過癮。

可惜，八點後有幾桌宴席，這三個叫化子就被趕了出來。魯漢沒處可去，又回到火車站。那酒讓他有點暈，但他感覺很好，因爲他發現一個叫化子的生活遠比在牛村好。我吃到了這麼多好東西，他想，一個子兒沒花，半點力氣沒出。好啊，我得在這兒再待上幾天，吃更多的好東西。如果走運，我還能跟那個俏姐兒會會呢。傻，眞傻啊。他不由地舔嘴咂舌起來。

但另一個聲音在他心中響起：你忘了惹的禍了，啊？怎麼又要去迷戀女人呢？不要臉，這瘡疤還沒好，倒已經忘了疼了。

他往襠下看，你這小王八蛋，又跟我耍花招了。你這次哄不了我。我得走，今晚就去大連，然後換車去北京。男人光想著樂子就沒志氣了。這回我絕不放縱自己，我要出遠門，行萬里路。再說，上路總比住店好。

他在地上躺下，打著盹，等夜裡的貨車。十點來鐘時，他被「起來，起來！」的聲音叫醒了。三個民兵用腳把睡在候車廳裡的叫化子都踢起來，他們每人都背了根長木棍。「把證明拿出來看看。」一個矮個兒民兵對躺在魯漢身邊的人說。那個叫化子把手伸進上衣口袋，掏出一張紙來，矮個兒民兵仔細看後，還了給他。接下來他指著魯漢喝道：「你的證明。」

「什麼證明？」魯漢摸不著頭腦。

「同意你出外要飯的介紹信。」

「誰給我開呀?」魯漢脫口而出。

「生產隊開。你倒是有還是沒有?」

「昨天我還有呢，可弄丟了，找不著了，眞對不起。」

矮個兒民兵擰起了眉心。「丟了?誰信?你都不知道在哪兒開證明。我看你就像個外逃的反革命分子。你找不出證明來就得跟我們走一趟。」

魯漢知道抵抗沒用，就從地上起來，乖乖地站著。檢查過所有的叫化子，民兵們就把他帶到老人路的派出所去了。派出所民警告訴他，如果他不交代自己的身分，他們就把他送到勞改隊去。魯漢嚇死了，他記得他們村的一個「刺兒頭」就是被隊幹部送到那種地方，兩個月後就在那兒染上痢疾拉死了。他立刻從實招認自己是誰，從哪兒來。他們往牛村掛了電話，知道魯漢正在村裡受審查，要把他馬上送回去。

「我一眼就看出他是個壞蛋。」矮個兒民兵說。他走近魯漢，拔下他插在上衣口袋裡的自來水筆。「你用不著這個，假裝你能寫，嗯?你喝過多少墨水?」他把那支筆放進抽屜裡。

魯漢發抖了，害怕他們會來搜他。他的褲子口袋裡有十一塊錢，行李捲裡有兩包好菸。還好他們沒有再對他做什麼。

當晚派出所的吉普車要去登沙河接他們所長回來，就捎了魯漢去牛村。「他要是逃跑，就斃了他，」民警大聲告訴駕駛員，還給了他一支五十一式手槍。

魯漢從沒坐過汽車，看著房子，燈光，樹，電線桿嘩嘩地往後刷過去挺有趣的，但他卻愁得沒心思欣賞這些。他在車裡動都不敢動，想著會有什麼霉運在村裡等著他……

他回到牛村已經是後半夜了。他到家點上燈，吃驚地發現幾乎什麼都沒變，甚至那張紙條也還在燈底下壓著。他拿起來，看見在他寫的話底下加上了四個大字：「天羅地網」。那是趙支書的筆跡。

唉，魯漢長嘆著想，沒處可去啊，我是跑不掉的。不把他們要的東西寫出來，他們就不會放過我。天底下這些幹部們全都串通一氣，我跳不出他們的手心去。

他把留言在燈上燒了，點上一根蚊香，已經累得沒力氣發愁了。想到老話說的：兵來將擋，水來土掩，他就告訴自己，愁有什麼用，車到山前必有路。他脫衣上炕，讓自己什麼也不想，馬上就睡著了。

他打著鼾熟睡了七個鐘頭，醒來時發現太陽已經照亮了半邊炕，他在陽光下伸了伸腿，開始擔心他必須寫的檢查，想怎麼躲過晚上的審問。他想不出一個讓人信服的理由，還忍不住老想起那個吊眼兒的女服務員。他又開始痛罵自己，所有的麻煩都因爲他管不住自己的雞巴。怪了，這小傢伙對主人的厭惡和仇恨無動於衷，居然豎了起來，從褲襠裡往前頂，像個水雷。他恨死它了，簡直想把它拔了！這不知害躁、不懂害怕的東西，甚至在滅頂之災前還想著做它要做的事。他起來穿上衣服，那兒還硬著，就操起自己的球鞋給了它兩鞋底，這小混蛋才嚇得縮了回去。

魯漢出房門，洗把臉，拿了個玉米餅子就扛著鋤頭，扣上大草帽急忙下地了。不管出什麼事，他不能荒了農活，再說，他得裝出一切正常的樣子。

到了晚上，魯漢想到只有五張紙的檢查，還有隊幹部們因爲他的出逃而饒不了他，就實在不敢去大隊部。他想先在家待著，等幹部們的火氣平一平再說。如果他們明天問他，他就說肚子疼，走不了，求他們再寬限幾天。他給自己下了碗麵，還放上些豇豆。但他愁得吃不下去。他強迫自己思考怎麼能在檢查上再加上幾段。

掛鐘上長長的鐘擺在紅匣子裡滴答滴答地走著，屋裡有兩隻鴨子蹲在牆角，還有幾隻雞在踱來踱去地覓食。磚炕上散著兒子的衣服和玩具，還有他老婆的針線籮，裡頭放著布片，線團，納了一半的鞋底，剪刀，錐子。家裡又悶又熱。吃過晚飯，魯漢脫了褲子，光著膀子，只穿條褲衩，坐在胡寫亂畫的紙片旁失神。

他沒想到隊幹部們會找到他家裡來。他一見他們進了院子，就立刻躺下，雙手捂著肚子。他們衝進來，王隊長對他喊：「坐起來，你這王八羔子！」

「唉，我病了。」

「別對你爺爺耍花招。我們把你看得透透的。起來，兩個鐘頭前我還見你在蘿蔔地裡除草，什麼病會來得這麼快。你他媽的給我起來！」

魯漢一言不發地爬起來，坐在炕沿上。

「你爲什麼要跟我們耍滑頭？」趙支書問。

「我是病了，下不了炕。」

「住嘴，」王隊長咆哮道：「我們知道你是怎麼回事。」然後他壓低了聲音說：「行，今兒晚上，我們來治治你這個病。跟我們走，不用兩天我們就能治好了你。」

魯漢嚇壞了，腦袋直發麻。他知道他們會用那種「車輪」戰術——輪番地、不分白天黑夜地審問他。不讓他睡也不讓他倒下，直到他把什麼都給招出來，甚至編出話來讓他們滿意。他無法抵抗這些人，如果需要，他們會用上一個民兵排來輪審他的。他嚇得哭起來。「哦，我腦袋都想破了，實在是寫不出來啊。我眞的不知道怎麼寫，我都用掉一瓶墨水了，請饒過我這一次吧，我給你們磕頭了。」

「住嘴，」王隊長說。「你別想再騙我們。」

蕭文書上前攔住了想要跪下的魯漢。

「哦，天哪，」魯漢哭著喊著，「我怎麼能讓你們信我呢？要我死給你們看嗎？好，好——我的家也破了，我也不想活了。」他從針線籮裡拿出了大剪刀，橫在自己的喉嚨上。「我受夠了。你們想要我的命，說話。我就死在你們跟前，表示我後悔死了。」

「別裝蒜。」王隊長說著輕蔑地笑了。「你一撅臀我就知道你要拉什麼屎。死啊，宰了你自個兒，讓我們知道你有種，是個好同志。」

「魯漢，別把我們當成嘴上沒毛的傻小子，」趙支書說。「誰聽說過一個男人拿剪刀把自己宰了？這是婦道人家的那一套。」

「死啊，」王隊長命令道。「讓我們開開眼，我們追認你做烈士，讓你的家屬做五保戶，分口糧。」

魯漢嚎啕大哭，淚流滿面。

「對啊，你下手啊，」趙支書張開兩臂下令說。「我們等著，你要不下手，你就不是中國人。」

魯漢手裡的剪子垂下了，好像在證明他無力殺了自己。他轉過身去，彎下腰去。

「你幹嘛？」王隊長問。

魯漢撕開短褲，拉出他的陰囊，狠狠地就是一剪子，連同睪丸一起剪了下來。他扔下手中的肉塊兒，就癱下來，尖叫著，呻吟著。立刻，那些雞跑上來，把肉塊叼走了。

「逮住雞，把他的蛋子搶回來。」王隊長叫道，一腳把跑過來的鴨子踢開。

支書和文書追出去，但已經來不及了。雞跑進黑黑的院子，沒了影子。在房裡，王隊長忙著用毛巾去止血，他白襯衣的袖子都沾上了血點子。這時，王隊長還嘴不停地罵著，「日你祖宗的，誰讓你這麼幹的？我讓你淌血淌死算了。」

「我恨它！恨啊！」魯漢從牙縫裡擠出這句話，咬牙忍住呻吟。他的一條腿痙攣著，腳趾在地上劃著圈。

最後王隊長總算用三條毛巾把魯漢的胯下包起來，血基本上止住了。蕭文書帶了幾個人還有老楚的馬車來了。他們用一條花棉被把魯漢包起來，抬了出去。一把他放上車，馬車就朝歇馬亭的公社衛生院跑去。兩位隊領導也上了車，一路上他們還給魯漢地瓜酒喝，想止住他的呻吟和抖動。

魯漢的自閹換來了自由。沒人再來逼他作交代了，因為他的行動已經有力地證明了他的痛悔。當他從鎮上醫好了傷回來，村裡的漢子們都上去跟他握手。隊領導們在他騙了自己的第二天，專門去了趟他丈人家，勸他老婆原諒他，回家跟他過日子。聽到這個淒慘的消息，福蘭哭了起來，怨自己不對，不該對丈夫那麼狠心。她爹，一個挺受人尊敬的老人，當著隊幹部的面罵了她，讓她馬上回去。當天她就帶了豹子，跟了老楚的馬車回來了。她決心要好好照顧魯漢，做個模範妻子。

對魯漢來說，一切都好起來了。丟了他的睾丸和計畫生育中的絕育沒多大區別，村子裡也有幾個男人就是這樣被去勢的。唯一的不同是他們的肚皮下沉了點兒。別人愛怎麼說就怎麼說去吧。沒錯，他是被騙了。但他的兒子已經生下了，還像個小熊崽子那麼結實，會給他們魯家傳宗接代的。從今以後，那根混賬雞巴再也不能給他惹禍了，家庭也祥和了，家和萬事興。儘管他在地裡幹活時比以前容易出汗，但他感到脊梁骨比以前挺，體魄也比過去壯。人們注意到他的臉甚至紅紅的顯得健康，頭髮也比以前黑了。他的表現眞不錯，村民們選他做了模範社員。趙支書還跟他一對一地談了心，鼓勵他申請入黨，魯漢自然樂意地照著做了。最重要的是，他有了新的正常生活。

十年

十二年前，父親調往大連七師時，我就離開了農村。從那以後我們一直住在城市。如果不是我二姨還住在歇馬亭，我差不多就把這個六○年代末曾在那兒讀過兩年小學的鎮子忘了。二姨每年秋天都來我家，幫我媽準備冬衣和醃鹹菜，因此還能讓我時不時地想起這個鎮子來。

去年夏天我去過歇馬亭，那是我離開十年後第一次回去。鎮子比我想像中的更小，每條街似乎都比過去短。第一天我騎了姨夫的孔雀牌自行車到自由市場，藍溪，東大橋，白樓——我們的學校就在那兒，還有其他一些我能記得的地方轉了轉。但這些地方相距很近，我只用了不到兩小時就把它們跑遍了。從第二天起，我就不再騎車，改爲步行。這兒幾乎沒人認得我，因爲我家沒在這個鎮上住過，那時我在這裡上學時住二姨家。在街上逛過之後，我發現這鎮子實在小，唯一和過去不同的是現在孩子少了許多。我去了一些過去同學的家，但他們都已經到附近的縣城工作去了。很多女孩都到金縣去當了紡織工，他們父母不記得我了。只有個男同學沒離開這兒，他父母還能認出我，但因爲他強姦了兩個婦女，被抓去坐牢了。

鄉鎮上的生活很枯燥，晚上沒有夜生活。晚飯後，人們都坐在外面搖著蒲扇聊天，等著深夜讓來自黃海的風把他們涼快下來。我想著男朋友，他和我是大學同學，這暑假他回天津看望父母了。到了晚上我就給他寫信，不想寫信時，我就看屠格涅夫的《煙霞》（*Smoke*）和最新一期的《青年》雜誌。那是瀋陽的一個小型文學刊物，上面用了我的一篇短篇小說。反正我閒著，就把這本雜誌從頭看到尾。裡面大部分文章我都不喜歡，只有一首敘事詩引起了我的興趣。那首詩從一個老紅衛兵的角度講述了這麼個故事：文革初期，一個十幾歲的男孩和他的同學揪一位上歲數的老師遊街，這男孩狠狠地踢了這個老師，把他的肋骨踢斷了。在後來的歲月裡他滿懷內疚，並且想要彌補這過失。後來，老師病倒了，而當年的男孩——現在已經是個年輕人——照顧了他五個月，直到老人心懷著感激過世。我並不喜歡這首詩的傷感情調，但它讓我想起了我的一個年輕女教師，朱文麗，十一年前她在歇馬亭中心小學教過我。

她剛來我們學校時我上四年級，一眼就能看出她才從大學畢業，很害羞很膽怯的樣子。開始，她在任何情況下只要一說話，不只是臉紅，連耳朵都跟著紅。她是個挺招人喜歡的年輕女性，又高又苗條，優雅的手上長著長長細細的手指。她的黑眼睛很善感，好像隨時隨地都會流淚。那時我們正處在文革時期，對美沒有感覺，就像一條標語說的那樣「香花毒草兩不分」。對我們而言，文麗不是漂亮而是具危險性的人。可我記得我喜歡看她的側面，這個角度讓我想起革命樣板劇《紅色娘子軍》中的一個芭蕾舞演員。當然，文麗從來不穿軍裝，再說，她的嘴唇厚了點，小鼻子上鼻尖圓了點，缺少一個女戰士的威武。

她第一年教音樂。音樂課主要有兩個部分：歌頌毛主席的歌和語錄歌；忠字舞。雖然她在音樂方面很有知識，還能自己作曲。但文麗的聲音唱起革命歌曲來太輕太軟。我們覺得我們都能唱得賽過她，因爲我們的聲音更直率更有激情。不過她舞跳得很出色。她用一隻腳尖站著，能把另一條腿慢慢地往前和往後輕鬆地舉起來，彷彿那腿沒有重量似的；伸展開兩條手臂則具有優雅大方的氣質。雖然她勁道不夠，跳不了那種我們在街頭上跳的有力的忠字舞，可我們還是特別喜歡她跳舞。我們很快知道她出生於上海的資本家家庭，怪不得她看上去又嬌又弱的。

一天中午，牛芬和我去找我們班主任苗建。他的辦公室在白樓的二層。在樓梯上我們聽到上面有人唱歌，那舒緩的旋律與我們聽過的任何歌曲都不一樣，惹得我們不禁站下來側耳傾聽。這是文麗的聲音。漸漸我們聽出了歌詞：

花兒為什麼這樣紅？

為什麼這樣紅這樣艷？
啊——紅得好像，紅得好像
那燃燒的火，
它象徵著年輕的血液
和愛情——

肯定是風把她辦公室的門吹開了，她停止了唱歌。牛芬和我跨進走廊正見文麗抓著門把手。她看見我們，不安地笑了一下，嘴唇輕微地扯了扯，眼裡滿是淚花。

「有事找我嗎，艾娜？」我搖搖頭，說不出話來，不明白爲什麼她的眼睛裡會有淚花。一只髮夾鬆了下來，我把它插回頭髮上。

「那是什麼歌啊，朱老師？」牛芬問，她是個快嘴。

「一首維吾爾族民歌，」文麗說。「我，我是唱了玩玩的。」

我不知道牛芬有沒有向校領導報告文麗，可從那以後，我就再沒聽她唱過那首歌，而只唱那些在班上教我們的革命歌曲。但不知怎麼的，那首民歌的旋律一直留在我腦子裡，常在我的耳邊響起。後來我在大連一個朋友家裡得到了這首歌的曲子和歌詞，自己學會唱了。

我們班主任苗建是個年輕人，有人叫他「小阿爾巴尼亞」，因爲他有大大的圓眼睛，鷹鉤鼻，小身材，哪兒都長得不像中國人。他的臉很瘦，每天都得刮他的落腮鬍子。據說他是個混血兒。人人都說他長得好看，可能因爲他長得像外國人吧。我不知道他和文麗什麼時候談戀愛的，總之我們很快發現他們倆老在一起。後來文麗得了闌尾炎動了手術，在她恢復期間苗老師天天都去看她。

一個秋天的下午，牛芬、張衛和我到苗老師辦公室去給班上拿本子，見他的門上掛了個條：「請勿入內」。這條以前從來沒有過。我們不知道他在不在裡面，但我們聽到裡面有聲音。我們三個就趴在門縫上往裡看，苗建和文麗正站在窗戶邊上，而文麗的臀部靠在一張辦公桌上，在解她的腰帶。

「就讓我看一眼，」苗建輕聲說。

我們在外頭的三個人互相看看，直吐舌頭。然後我們聽見文麗說：「就一眼，說話算數？」

「當然算數。」

她把褲子往下拉了一點，露出了白白的肚皮。「往下，往下，」苗建催她。

褲子又往下去了點，露出了一條毛毛蟲似的疤，三寸來長，緊挨著她右側的腹溝。苗建用食指摸了摸那塊發黑的皮膚，就彎下身去，親了親那個疤。「討厭，你眞討厭，」文麗透著愉快說，拉上了她的褲子。

我們被看見的事情嚇傻了，三個人同時轉身直往樓梯口衝，活像是躲一群惹急了的馬蜂，我們的腳步聲肯定驚動了他們，因爲我聽見苗建叫起來，「哦，天哪！」

不知是牛芬還是張衛告發了他們。第二天我們被叫到學校革委會辦公室，領導要我們把看到和聽到的事講出來；我們毫不猶豫就把所有的細節都說了。我們認爲兩個老師做了壞事和醜事，但我們不知道會有多嚴重。劉主任說這兩個老師被資產階級生活作風腐蝕到了骨子裡。

接下來的三天學校裡貼滿了大標語，揭露批判苗建和朱文麗。在牆上和報欄裡還出現了許多文章，比如「剷除資產階級生活作風」，「在辦公室脫褲子厚顏無恥」，「你爲什麼還有流氓行爲？」，「朱文麗：資產階級臭小姐」，「新中國不能容忍死不悔改的資本家後代」。在後來兩天的音樂課上，文麗顯得非常蒼白，眼睛腫著，聲音有點嘶啞。她打算教一首藏族人民熱愛毛主席的歌，可我們對此都沒興趣。有不少學生在下面互相做著鬼臉。兩個男生甚至鬆開、扣上他們的皮帶，有意弄出聲來。

苗建結果被送到鄉下去勞動改造。文麗做了我們的班主任。她不再教音樂了，因爲學校的一個領導抱怨說她唱起充滿豪情的歌來聲音像哭一樣，不符合無產階級的戰鬥精神。我們班的孩子主要來自農民、工人、幹部家庭，因此文麗教我們這些人不太容易。我們女孩還好，不像那些男孩，經常含沙射影地提她的家庭出身，學她的聲音。不少女孩子對她挺好，因爲她們喜歡她的舞姿，想讓她教她們跳舞。可我很笨，天生不是跳舞的料，我跟文麗從來沒有親近過。我注意到她出了教室很少跟人說話。一些皺紋，很細，出現在她的眼角。她的頭髮也不再像以前那麼整齊了。

過了年，我們在語文課上學習一篇新課文，內容是毛主席寫給阿爾巴尼亞共產黨的一封信。像往常一樣，文麗領我們先讀三遍，然後她開始講生字用法。信裡有一句話是這樣的：「你們（阿爾巴尼亞共產黨）是一隻勇敢翱翔著的雄鷹；相反，蘇聯修正主義和美帝國主義只不過是一杯黃土。」

文麗對全班說，「毛主席在這裡運用了隱喻。誰知道什麼是隱喻？」

我們都沒聽說過這個詞，沒人回答。文麗就把這兩個字寫在黑板上，繼續說：「隱喻就是把一件事比作另一件事，比如……」她對著自己的拳頭咳了咳，「蘇修和美帝不是土，毛主席把他們比成土，這就是隱喻。」

「我有個問題，老師，」高江說著站了起來，他是我們班長得最高的男孩。

「什麼問題？」文麗略帶吃驚地問。

「你說蘇修美帝不是土，可毛主席說他們是土，為什麼？」

文麗的嘴唇抖了起來，但她努力著說，「他們不是土，他們和我們一樣也是人，我們說他們是土是為了表示我們對他們的輕蔑。」

「你的意思是說他們也是人？」牛芬挑戰地問。

「是……是的，」文麗說。

教室裡大亂，我們很多人都相信文麗是錯的，不光錯而且還反動。她居然敢篡改毛主席的意思！

我們怎麼能信得過這樣的老師？就像她的資本家父親一樣，她肯定一直都仇恨著我們的社會主義國家和偉大的黨。

文麗嚇壞了，她提前十分鐘下了課。一些學生馬上就跑去找工宣隊報告，工宣隊由食品廠五個不識字的工人組成。聽我們說了之後，副隊長李龍把《毛主席語錄》往桌上一拍，說，「她奶奶的，這母狗死不悔改，這回她可表演得夠了。」

第二天我們換了新老師。一星期內文麗就被送到鄉下去了，我不知道她去了哪個村子。那時，我不在意她去哪兒；隨她去了什麼地方，對我來說她都是罪有應得。再說，當時有那麼多人都在勞動改造，文麗被送去勞動是一件很自然的事。

文麗的形象不時地出現在我腦海裡，假如她還在歇馬亭，我倒想在走之前去看看她。我不是要去對她道歉的，我以前沒做過故意傷害她的事。我其實也並不知道見了面能對她說什麼，不過，去看她至少可以表示她的一個學生在十年之後還沒有忘記她。

一天晚上，我向二姨和姨夫問起她。「文麗，你說她呀？」二姨說著笑起來，滿臉都是皺褶。「她可今非昔比嘍，她現在是鎮上的能人，沒人不認識她。」

「她還在那個小學教書嗎？」

「書她是不教了。自從國家取消了成分這一說，她就從鄉下調回來，身分跟我們一樣了。現在她是那所小學的副校長。」

「她結婚了嗎？」

「當然結婚了，有兩個孩子，一個男孩兒，一個女孩兒，挺好的孩子。」

「她丈夫是誰？苗建？」

「這我可不知道了，他好像也是哪兒的一個幹部。老頭子，」二姨用蒲扇碰碰姨夫。「你知道文麗的男人是誰？叫什麼？」

「我哪能不知道，王大東嘛，鎮上人民銀行的主任。」

姨夫告訴我苗建七年前離開鄉下去了香港。聽說他三爺是個有錢卻沒孩子的生意人，所以讓苗建去繼承財產了。總之他和文麗之間沒再有什麼故事。二姨告訴我文麗家現在就住東街和平安街拐角的那棟花崗岩房子裡。我記得那棟房我有個同學叫東東，曾經在那兒住。

跟二姨、姨夫談過後，我更想去看看文麗了。第二天下午，我問二姨去看文麗該給她帶什麼禮物。

「這個容易，去買兩盒桃酥帶上，」她說。

我覺得不妥。文麗過去是我的老師，是個優雅嬌氣的人，帶桃酥顯得我多沒品味啊。她可不像那些鄉下人，只想著好吃的東西，文麗似乎從沒有對吃有過興趣。我這裡倒有一條新的粉紅色裙子，可我不知道她現在的尺寸；她肯定比我高。重新考慮過之後，我決定把那一期《青年》雜誌當禮物，因爲上面有我的小說。這或許可以讓她覺得，我這個她當年的學生，一直在努力進取，也許這會讓她對自己的過去感到一點欣慰。我還要告訴她，雖然我舞跳得不好，可我打算做一個作家——一個小說家和劇作家。

晚飯後我就往東街走去，那房子離這兒只不過三百多步遠。暮色中，半個月亮在部隊大院裡的樓房和水塔後面移動著。這裡那裡的煙囪冒出了一柱柱的煙，懸浮在深藍色的天空中。街道比十年前安靜多了。我還能記得當時和一些男孩女孩們傍晚時在這裡打仗玩，喊叫著把白菜根、爛蘿蔔扔來扔去。剛進東街，就見前頭街道的左側有一小群人，我聽見有人在吵架，互相叫著對方的名字。那些男男女女尖利的聲音忽高忽低地傳來，像是遠處高音喇叭播送出來的聲音。我走近了，見一群男女在路燈下爭吵著，比劃著。

「瞎說，不是這麼回事！你家的雞從來就沒進我家院裡下蛋，」一個穿著睡衣的強壯女人舞著一根擀麵杖大聲說。

「我看見牠今兒下午進了你家院子，後來又聽見牠叫，」一個瘦小的女人說。她手上抱著一隻白色的母雞。

「撒謊！那你怎麼不來拾蛋呢？」

兩個男人，顯然是他們的丈夫，在勸開這兩個女人，說爲了一個蛋，不值得。

「不是的，」瘦小的女人對她丈夫說，「這不是爲了一個蛋。看看這個潑婦，我要是走近她，她就能殺了我。」然後她轉身對著那個高大的女人說，「朱文麗，你是個幹部，是喝過很多墨水的人，我不過是個家庭婦女，沒讀過書，撕破臉我不在乎。」

「你敢碰我一下，我用這個砸碎你的腦袋。」高大女人說道，囁了囁她的牙，舉起那根拼麵杖，往地上吐了口吐沫。

我走近一些，發現那果然是我的老師朱文麗，但她豐厚的身體和多肉的臉已不再是我曾經認識的那個年輕女人。她的鼻孔下有一個白色的疤收緊了她的上嘴唇，使得她的嘴有些往前突起。以前屬於那張臉的柔和與天眞現在被麻木和堅硬的表情取代了。甚至她的聲音都變了，像刮擦金屬似的刺耳。如果那個小個子女人不提她的名字，我決不會認出她來。二姨說得不錯，她現在是很厲害了，但她不再是那個我想要見的人。一陣怨恨襲入我的心頭。

她的丈夫，一個矮而禿頂的男人拉著她的胳膊，拖她回家。他們一起朝花崗岩的房子走去。我心裡難受，就像我的第一個男朋友甩了我跟另一個女孩好的時候感到的那種心情。周圍的景物模糊起來，淚水濕了我的眼睛。

導讀

彷彿走過長長的迴音廊

顏擇雅

《光天化日》是一本互連短篇集（collection of interconnected stories）。短篇與短篇之間要互相關連，方式有很多。契訶夫的〈套中人〉三部曲是用一個輪流講故事的場合，把人物彼此不相干的三則短篇框在一起，探討自由這個主旨。海明威則是把單一主角尼克・亞當斯的故事分拆到二十幾則短篇。《光天化日》的互連性一如哈金本人在序文中交待的，是取法喬依斯《都柏林人》與安德森《俄亥俄州溫鬲斯堡》（臺灣熟悉譯名是《小城畸人》）二書，走地方誌路線，並讓每一單篇不只自給自足，還能支撐別篇。

地方誌很好理解，就是背景設定在同一時代、同一片鄉土。但什麼叫短篇與短篇彼此支撐？簡單解釋，就是作者必須把小說的某一元素也安排出現在別篇，讓不同短篇透過彼此襯映、對照，突顯出弦外之音。

例如第一篇〈光天化日〉寫一個美女配醜男的婚姻，妻在外到處跟人上床。同樣型態的婚姻在下一篇〈男子漢〉再次出現，差別是〈光天化日〉中的丈夫深愛妻，〈男子漢〉中的丈夫則恨妻入骨。同工而異曲，兩篇作品就彷彿一首雙重奏。

將〈男子漢〉與下一篇〈主權〉扣在一起的，是暴力場面，但一篇寫人對人的侵犯，一篇寫豬對豬的頂撞撕咬。〈主權〉開頭即農民去找別家公豬來操自家母豬，像極了〈男子漢〉開頭即農民去找一群民兵來操自己的妻。

再來的〈葬禮風雲〉全無暴力，只有開會與寫文章，讓人想起前一篇的豬只會武鬥，不像人類懂得文鬥。

再來〈最闊的人〉也是文鬥。〈葬禮風雲〉中的鬥爭雙方都拉幫結派，〈最闊的人〉變成大家團結起來鬥一人，不就呼應了所有男性聯合起來欺負一個女人的〈男子漢〉？另外，這篇也是〈光天化日〉的變調，因爲都有公審場面。〈最闊的人〉男主角被人嫉妒是因爲太有錢，就像〈光天化日〉女主角被嫉妒是因爲太漂亮又享有性愉悅。

資本主義社會若有美女嫁給醜男，一般假設是爲了錢。〈光天化日〉與〈男子漢〉裡的男人都一樣窮，那性無能醜男憑什麼娶到美女？兩篇並沒給答案，讀者卻可以在〈新來的孩子〉找到暗示，因爲這篇的男主角娶的是他從妓院贖來的女人。

〈光天化日〉有個未解謎團是裡面的女主角明明不愛丈夫，爲何丈夫依然深愛她。〈新來的孩子〉算是提供一種解答，這篇正是寫無私的愛，寫男主角怎麼沒來由愛上別家小孩。

男主角的付出可說無法獲得任何好處，愛竟然還是油然而生，不就證明「世界上沒有無緣無故的愛」一語是錯誤？這句知名毛語的下半是「也沒有無緣無故的恨」，讀者若把它當作一個思考點，就會發現之前幾篇已有「無緣無故的恨」幾個案例，例如〈主權〉中明明最努力幫黑豬加油的就是小孩，黑豬爲什麼去咬他？〈最闊的人〉與〈光天化日〉中的群眾，對於公審對象的憎恨也完全超過比例。

〈新來的孩子〉才寫過愛別人小孩的男人，下一篇〈皇帝〉就寫沒人愛的小孩，再下篇〈運〉則是無法愛自己小孩的男人，三篇形成一幅三聯畫。〈皇帝〉的武鬥狠勁最接近〈主權〉裡的豬打架，敘事者則跟〈光天化日〉一樣是街頭頑童，他在〈光天化日〉並不懂自己所敘述的故事，到了〈皇帝〉則對眼前事絲毫不覺隔閡，這次是孩子間的過節。把〈皇帝〉與〈光天化日〉一起看，讀者可以發現孩子間的殘酷並不遜於大人之間，而且一脈相承。

看到這裡，讀者應該明白〈光天化日〉爲何放書首了，它的所有元素全在後來幾篇得到迴響。

〈選丈夫〉是一擊四鳴，讀者可在這篇裡面一口氣觀察到最前面四篇的各種投影。漂亮女主角選擇嫁給不愛的男人，不正好爲〈光天化日〉與〈男子漢〉中的夫妻不搭提供可能的起因解釋？二男爭一女的主題，不就是〈主權〉兩頭公豬爭一母豬的換湯不換藥？受挫婚禮不就是〈葬禮風雲〉中那場圓滿葬禮的完美對照？

第十篇〈春風又吹〉則是一呼五應。這篇跟〈男子漢〉一樣有性侵，跟〈葬禮風雲〉一樣有扭轉命運的報紙文章，跟〈選丈夫〉一樣女主角也有不能嫁的心儀男人。但它呼應最強的是緊接前面的兩篇：〈選丈夫〉與〈運〉。它的結尾正好是〈選丈夫〉的開頭，都是女主角被不只一位男性追求，選擇還寬廣的時刻。〈運〉是寫男主角爲了追求好運而殺人，〈春風又吹〉則反過來，寫女主角一切好運皆因爲她殺了人。

第十一篇〈復活〉把〈光天化日〉寫過的通姦公審寫成喜劇，結尾則是〈男子漢〉的相反。同樣都是失去性能力，〈男子漢〉主角落得被人取笑，〈復活〉主角卻喜獲入黨資格。另外，這篇也讓讀者想到〈主權〉，因爲農村中通常被閹的是公豬，〈主權〉中惹禍的公豬。〈復活〉主角則是自閹解決自己一直惹禍的問題。

最後一篇〈十年〉重覆了〈光天化日〉的蕩婦羞辱。但這篇主要是與前一篇〈復活〉互相支撐，都是批鬥對象的成功故事。〈復活〉主角是粗魯男，變成模範社員之前曾嚮往做個叫化子。〈十年〉主角則是嬌嫩小姐，原本很雅致，往上爬後卻已是粗魯大媽。

這篇的文鬥場面也剛好與〈最闊的人〉互爲表裡。〈最闊的人〉主角講不過群眾，是因爲群眾中有人邏輯比他厲害。〈十年〉主角講不過學生，是學生程度太差。

一篇篇讀下來，十二則短篇不只是環環相扣而已，排序還有「擊其首則尾至，擊其尾則首至，擊其中則首尾俱至」的效果。讀者把整本書讀完，彷彿在走一道長長的迴音廊。

大師名作坊168

光天化日

作　者—哈金
譯　者—王瑞芸
編　輯—張瑋庭
企劃經理—何靜婷
封面設計—黃子欽
內頁排版—極翔企業有限公司
副總編輯—嘉世強
董 事 長—趙政岷
出 版 者—時報文化出版企業股份有限公司
10803臺北市和平西路三段二四〇號三樓
發行專線—（〇二）二三〇六—六八四二
讀者服務專線—〇八〇〇—二三一—七〇五
（〇二）二三〇四—七一〇三
讀者服務傳真—（〇二）二三〇四—六八五八
郵撥—一九三四四七二四時報文化出版公司
信箱—一〇八九九臺北華江橋郵局第九九信箱
時報悅讀網—http://www.readingtimes.com.tw
電子郵件信箱—liter@ readingtimes.com.tw
法律顧問—理律法律事務所　陳長文律師、李念祖律師
印　刷—勁達印刷有限公司
初版一刷—二〇二〇年一月十七日
定　價—新臺幣三〇〇元
（缺頁或破損的書，請寄回更換）

時報文化出版公司成立於一九七五年，
並於一九九九年股票上櫃公開發行，於二〇〇八年脫離中時集團非屬旺中，
以「尊重智慧與創意的文化事業」為信念。

光天化日／哈金著；王瑞芸譯．－二版．－臺北市：時報文化，2020.01
面；　公分．－（大師名作坊；168）
譯自：Under the Red Flag
ISBN 978-957-13-7693-6

874.57　　108023014

Under the Red Flag:Stories by Ha Jin

ISBN 978-957-13-7693-6
Printed in Taiwan

"It's too early to tell, Mom." Hong thought Lilian would be pleased by this choice. Her mother was surprised by her calm voice.

On the same day, the Chens' decision was known to most households in town. Pang Hai was ecstatic over the outcome of his contention with Feng Ping. This was a good beginning. He felt his back straighter than before and even his feet charged with more strength. Of course he didn't know how the Chens had reached the decision. He had always kept an amorous eye on Hong since he came to know that she wasn't a bad girl at all and that the roll of bloody gauze only proved that she was healthy and normal. As for the next step of the current affair--the engagement, he had not lost his head over the initial victory and was inclined to make everything as simple as possible. At this historical juncture of his official career, he kept firmly in mind Chairman Mao's instruction: "We must always be modest and prudent and must, so to speak, tuck our tails between our legs." Aunt Zheng was dispatched to the Chens to seek understanding: the ceremony of the engagement would be plain and quiet, whereas the wedding could be customary and colorful. The Chens didn't think it unreasonable, so it was settled.

The engagement dinner was held at the Pangs' on August 1, Army Day. Few guests were present. Besides the members of the two families, there were the secretary and the director of the Fertilizer Plant, where Pang Hai's father worked as a bulldozer